벚꽃을 사랑했던 눈사람

벚꽃을 사랑했던 눈사람

발행일 2015년 6월 19일

지은이 이 현 우
펴낸이 손 형 국
펴낸곳 (주)북랩
편집인 선일영 편집 이소현, 김아름, 이은지
디자인 이현수, 김루리, 윤미리내 제작 박기성, 황동현, 구성우, 이탄석
마케팅 김회란, 박진관, 이희정
출판등록 2004. 12. 1(제2012-000051호)
주소 서울시 금천구 가산디지털 1로 168, 우림라이온스밸리 B동 B113, 114호
홈페이지 www.book.co.kr
전화번호 (02)2026-5777 팩스 (02)2026-5747

ISBN 979-11-5585-602-4 03810(종이책) 979-11-5585-603-1 05810(전자책)

이 도서의 국립중앙도서관 출판예정도서목록(CIP)은 서지정보유통지원시스템 홈페이지(http://seoji.nl.go.kr)와
국가자료공동목록시스템(http://www.nl.go.kr/kolisnet)에서 이용하실 수 있습니다.
(CIP제어번호 : CIP2015015830)

벚꽃을 사랑했던 눈사람

이현우 장편소설

벚꽃 나무에 가까워져 갈수록
꽃 내음과 함께 어우러진 익숙한 냄새가 다시 풍겨왔다.
얼음이 녹아 있었다. 눈사람이 녹아 있었다.
그러게 왜 내 말을 듣지 않았니,
내 말만 들었다면 언젠간 벚꽃을 볼 수 있었잖니.
눈사람은 분명 벚꽃을 보지 못한 채
다시 자연으로 돌아갔다.

북랩 book Lab

벚꽃을 사랑했던 눈사람

꿈이 뭔지 모른다.

지금 내가 품고 있는 이 간절함이 정녕 내 것인지도 모른다.

어느새 돌아보니 내가 바라던 내 꿈은

그것이 나에게 어울려 내 꿈이 된 것인지

그것을 남들이 좋다 하기에 내 꿈이 된 것인지

성실히 고민해도 간절함의 근원을 모른다.

모두가 봄날을 사랑했기에 나 또한 꽃이 피기를 바라나 보다.

뜨락에 풍기는 꽃 내음에 홀려 나 또한 봄을 사랑했나 보다.

허나 그대 만일 눈사람이었다면,

만물이 부활하는 향긋한 봄날에
저 혼자 몸뚱이 녹을 것이고
저 혼자 팔, 다리 녹을 것이며
저 혼자 이목구비 흩어져
종국엔 물로 돌아가리라.

물과 추위로 빚어져 다시 물로 돌아가는 인생은
그러다 나지막이 깨닫게 되리.
모두가 사랑했던 봄날보다
차라리 매서운 바람이 더 어울렸던
나 자신은 눈사람이었음을.

목차

프롤로그

나는 내가 태어난 곳에 대해 즐거운 기억은 별로 없습니다. 몹시 추운 겨울 어느 산골 마을이었단 사실만 알고 있죠. 그곳엔 나를 만들어주었던 한 소녀가 있었습니다. 고사리 같은 작은 손으로 옴팡지게도 나를 만들었죠. 며칠 뒤, 어느 날에 소녀는 자신이 쓰고 있던 귀마개를 내게 선물했습니다. 내가 소리라는 것을 처음 듣게 된 날이었죠. 그 뒤 내게 나뭇가지 팔을 붙여주던 소녀는 엄마가 부르는 소리에 부리나케 달려가고 있었습니다. 나는 소녀에게 감사 인사도 제대로 할 수 없었죠. 대신에 들을 수 있는 귀가 생겼기에 멀어져 가는 소녀의 발소리와 이름만이 아스라이 들렸습니다.

다음 날 소녀가 다시 나를 찾았을 때 나는 어찌나 반가웠는지 모릅니다. 그날은 무슨 특별한 날이었던지, 자신을 산타할아버지라 소개한 소녀는 하루 온종일 내 곁에서 시시한 장난을 쳤답니다. 낡은 거적때기로 만든 루돌프가 금방 무너지고 말아, 가만히 서 있는 날 두고 눈싸움을 시작했습니다. 물론 소녀는 한 번도 눈덩이를 맞지 않았죠. 눈을 뭉쳐 던지기엔 앙상한 내 나뭇가지 팔이 몹시도 연약했으니까요.

혼자서 눈덩이를 뭉쳐 내게 던지고 자기도 맞는 시늉을 하던 소녀는 얼마 안 되어 질리고 말았나 봅니다. 왜 아무 반응도 없느냐 다그치던 소녀는 나에게 생각할 수 없는 머리가 없으니 움직일 수 없다 말했습니다. 그래서 그날은 자신이 쓰고 있던 산타 모자를 내게 선물했습니다. 그러곤 머리카락을 만들어 줄 수 없어 미안하다 말했답니다.

그것도 잠시.

곧이어 나를 대머리 눈사람이라 놀리며 또다시 시시한 장난을 쳤답니다. 나는 소녀의 얼굴이 몹시 궁금해졌습니다. 그래서 나는 소녀에게 세상을 마음껏 볼 수 있는 두 눈을 만들어 달라 부탁하고 싶었지만 그럴 순 없었어요. 나는 머리가 생긴, 생각할 수 있는 눈사람입니다. 내가 말을 하게 되면 겁에 질린 소녀가 다시는 나를 찾지 않을 것이란 걸 깨닫고 말았죠. 소녀는 또다시 엄마가 부르는 소리에 집으로 달려가고 있었습니다.

그렇게 가버렸던 소녀는 한동안 나를 찾지 않았습니다. 나와 노는 것이 무척이나 지루했던 탓이겠죠. 쓸쓸한 하루가 지루하게 흘러갔습니다. 나는 눈사람이면서도 이 겨울이 몹시도 춥구나 하는 기분을 느꼈죠. 소녀가 없는 하루는 너무나 시려 왔습니다.

부스럭거리는 소리에 나는 잠에서 깨고 말았습니다. 혹여나 소녀일까 하는 마음에 귀를 쫑긋 세워보았지만 소녀의 목소리는 아니었습니다. 누군가 아주 작은 존재가 내 주위를 서성이며 이리저리 킁킁대고 있는 것이 느껴졌습니다.

여기 또 사랑에 빠진 덜떨어진 놈이 생겼군.

그의 음성은 매우 낯설었습니다. 분명 굉장히 작은 존재 같았는데 하는 말은 매우 큰 존재처럼 느껴졌으니 이상했습니다. 자신을 쇼펜하우어 쥐라 소개한 그 녀석은 얼른 내 어깨 위로 올라와 당근 코를 한 손으로 짚더니 우적우적 씹어 먹어 버렸습니다.

요즘 같이 추운 겨울엔 식량 구하기가 참 힘들단 말이지.

내 당근 코가 두 번째로 씹히는 소리가 들렸을 땐 어쩐지 고통 비슷한 기분이 들기도 했습니다.

고통 같은 건 없겠지? 어차피 넌 눈사람이니 말이야. 다시 한 번 말해주지. 나의 이름은 아우구스투스 쇼펜하우어 마우스. 줄여서 '쇼펜쥐'라고 불러도 좋아. 남들은 나더러 철학하는 쥐라고들 하지. 이 세상 만물을 염세적으로 본다나 뭐라나. 여하튼 신세 진 것도 있으니 자네에게 좋고 한마디만 하지.

제법 근엄하게 말하는 녀석이 어쩐지 어설퍼 보였습니다. 뭐랄까 굳이 어려운 말을 쓰려 하는 모습이 잘난 척하고 싶어 안달 난 모습 같았죠.

소녀와 평생 함께하고 싶겠지만 세월이란 도둑처럼 찾아오는 법이니 소녀도 곧세 아줌마가 되고 말 거야. 그러면 눈 내리는 모습을 보고 눈사람을 떠올리기보단 치울 생각에 짜증부터 앞설 나이가 되겠지. 소녀에게 미움받고 싶지 않다면 앞으로 하늘에서 내려올 적에 눈 말고 비로 내리려.

열변을 토하는 녀석의 말을 나는 한 마디도 이해할 수 없었습니다. 그리고 너무 지루하기만 했죠.

이쯤 해두었으면 자네에게 빚진 당근, 그 이상을 갚은 셈이군. 오히려 자네가 나에게 큰 빚을 진 거야. 나는 갚아야 할 건 잘 까먹어도 받아야 할 건 필사적으로 기억하지. 갚으라고!

자꾸 내게 자네, 자네 거리는 모습이 우습게 느껴졌습니다. 그렇게 쇼펜쥐는 부리나케 어디론가 달아나 버렸습니다. 녀석은 쇼펜하우어 쥐라는 이름보다 망나니 쥐가 더 어울릴 것 같았죠. 어쨌건 나는 다시 혼자가 돼버렸습니다.

그렇게 어느 날.

드디어 기다리던 소녀가 나를 찾았습니다. 소녀는 어쩐지 풀이 죽은 모습으로 힘없는 발소리를 억지스럽게 내며 곁으로 왔죠. 내 작은 몸뚱이에 기대어 앉은 소녀는 무엇이 그리 서러웠던지 흐느껴 울었습니다. 나는 참 마음이 아팠지만 뭐라 한마디 위로의 말을 건넬 수 없었죠.

소녀의 가여운 눈물이 내 몸에 부딪힐 때마다 내 몸이 녹아내리고 있단 기분이 들었습니다. 이윽고 눈물을 멈춘 소녀는 내게 근사한 눈을 선물해 주었습니다.

이건 물안경이야…….

하지만 소녀의 표정은 침울했습니다. 말을 끝맺지 못한 소녀는 또다시 울먹이며 내게 말했습니다. 그리고 자신이 들고 있던 물안경을 내게 씌워주었습니다. 나는 비로소 소녀의 얼굴을 볼 수 있었습니다. 소녀의 얼굴은 파란색이었습니다. 다리는 옅은 파랑이었고 손목은 진한 파랑이었습니다. 그의 얼굴뿐 아니라 이 세상 모든 것은 파란색이었습니다. 나는 파란 나라에서 태어났나 봅니다.

난 수영장엘 가고 싶은데 겨울엔 수영장에 갈 수가 없어.

어쩐지 소녀의 목소리가 가느다랗게 떨려왔습니다. 그리곤 다른 손에 있던 파란 비키니 수영복을 내 목에 걸어주었습니다.

지금은 겨울이야. 꽃도 얼고 물도 어는, 모든 게 얼어붙는 겨울이래. 난 겨울이 너무 싫어. 친구들도 밖에 나오질 않고 수영장에도 갈 수 없잖아. 길도 미끄럽고 날씨도 추워서 감기에 걸리고 말이야……. 하지만 우리가 사는 이 동네는 늘 겨울인걸. 우리 엄마도 그렇게 말했어. 여기는 늘 추운 겨울이래. 따뜻한 곳에 가려면 남쪽 나라로 가야 된다 그랬어.

나는 이 추운 겨울이 너무나 마음에 들었지만 소녀에게는 아니었나 봅니다. 제대로 말을 잇지도 못하며 울먹이는 소녀가 애처로워 보였습니다. 파란 얼굴에 파란 주근깨를 가진 소녀는 말꼬리 머리가 유난히 도드라져 보이는 예쁜 얼굴이었습니다. 눈물을 닦느라 제 안경을 계속 벗어대는 통에 더욱 확실히 관찰할 순 없었지만 분명 예쁜 얼굴이었습니다.

이제 이딴 건 나한테 필요 없어. 이게 다 너 때문이야!

큰소리를 팩하니 지른 소녀는 내 머리통을 있는 힘껏 밀어버렸고, 내

머리는 몸과 분리되고 말았죠. 산타 모자는 어디론가 홀연히 떨어지고 말았습니다. 두 눈은 생겼지만 목이 없어 주위를 둘러볼 수가 없었습니다. 이럴 때 내게 목이 있었다면 얼마나 행복했을까요? 소녀는 얼마 안 있어 자리를 떠나고 말았는데 오늘은 내가 몹시 미웠나 봅니다.

무엇을 잘못했는지는 모르지만 난 소녀에게 너무나 미안했습니다. 사시사철 겨울일 수밖에 없는 이곳의 날씨가 미안했고, 그 날씨여야만 존재할 수 있는 나 자신이 미웠죠. 나도 소녀와 함께 멋진 수영장에 가고 싶고 뜨락에 피는 예쁜 꽃들과도 어울리고 싶었지만 여름이 오지 않는 이곳의 날씨를 내가 어찌할 순 없었습니다. 저벅저벅 멀어져 가는 소리에 나는 차라리 들을 수 있는 두 귀가 없었더라면 하고 바랐답니다.

그날 저녁, 쇼펜쥐가 또다시 내 곁에 왔습니다. 나와는 대조되게 제법 근사한 옷차림을 한 녀석이 쏜살같이 내게 달려왔습니다.

무슨 일이야. 갑자기 웬 물안경하구 비키니 수영복? 머리는 또 왜 그래. 몸통하고 머리통하고 싸우기라도 했니? 이렇게 죽으면 안 돼. 죽더라도 내가 베푼 은혜는 갚고 죽어야지.

쇼펜쥐는 누구를 위해서인지는 모르겠지만 내 머리를 다시 세워 몸통 위에 올려주었습니다. 그리고 또 일장연설을 하기 시작했죠. 하지만 나는 녀석이 떠들어대는 지루한 이야기에 귀 기울일 힘이 없었습니다. 그날은 몹시도 슬펐으니까요.

한데 얼마 뒤, 영영 볼 수 없을 것만 같았던 소녀가 또 나를 찾았습니다. 여전히 파란 얼굴에 파란색 옷들을 입고 있었죠. 전과 달리 그날만큼은 소녀의 얼굴에 웃음꽃이 활짝 폈습니다. 그건 파란 웃음이었죠. 무엇이 그리 신났던지 나더러 '대머리 눈사람!'이라 외치며 뛰어오는 것이었습니다.

그래서 나는 아주 오래간만에 소녀와 즐거운 데이트를 할 수 있었습니다. 평소와 마찬가지로 씩씩한 소녀가 내게 큰 눈덩이를 던지며 혼자서 눈싸움을 했죠. 하지만 오늘은 시간이 지나도 지루한 기색이나, 지친 기색 하나 없이 열심히 놀았습니다. 나는 변한 게 하나 없이 여전히 같이 놀아 줄 수도 없었지만 이상하게도 오늘은 혼자 열심히 잘 놀더란 말입니다.

그날은 엄마가 부르는 소리에 대꾸도 않으면서 자리를 지켰습니다. 나는 기분이 아주 좋았죠. 나는 소녀가 이렇게 평생 내 곁에서 즐겁게 놀았으면 좋겠습니다. 나이가 들어 어른이 되어도, 소녀가 지금 소녀만 한 아이를 낳은 엄마가 되어도 이렇게 천진난만하게 내 곁에서 함께 놀아주었으면 하고 바랐습니다.

대머리 눈사람! 좋은 소식과 나쁜 소식이 있어. 뭐부터 들을래?

소녀가 내 곁에 앉아 등을 기대며 나를 큰 소리로 불렀습니다. 그 소리가 어찌나 반가운지 나는 하마터면 대답을 해버릴 뻔했습니다. 나는 굳이 들어야 한다면 안 좋은 소식부터 듣고 좋은 소식으로 마음을 달래고 싶었습니다.

좋은 소식? 음- 좋은 소식은 말이야. 내가 드디어 수영을 할 수 있게 됐어. 이제 앞으로 나는 이 꽁꽁 언 겨울을 보지 않아도 될 거야. 내가 드디어 봄을 볼 수 있다구.

혼자 말하면서도 어찌나 좋아하던지 소녀는 발을 동동 구르고 있었습니다. '봄이다!' 외치며 일어난 소녀가 콧노래를 흥얼거리며 사방팔방 뛰어다니기 시작했습니다.

넌 모르겠지만 말이야. 봄이라는 건 엄청 좋은 거야. 봄에는 꽃도 피고 날씨도 따뜻하고 감기에두 안 걸려.

고사리 같은 손으로 눈덩이를 모아 제 머리 위로 흩날리는 소녀의 모습에 덩달아 나마저 기분이 좋아졌습니다.

너는 아마 벚꽃이라는 걸 본 적이 없겠지? 벚꽃은 말이야. 엄청 향기로운 꽃이야. 꽃은 나비들에게 꿀도 주고 예쁘기도 하고 또……. 어쨌든 엄청 좋은 거야. 난 이제 꽃받에서 이리도 굴러보고 저리도 굴러볼 거야. 벌들이 나를 미워하지만 않는다면 난 세상 가장 행복한 사람이 되겠지? 벌침에 쏘이면 무지 아프다고는 하지만……. 아무렴 어때. 드디어 말로만 듣던 벚꽃을 볼 수 있다구!

그렇게 세상이 떠나갈 듯 좋아하던 소녀가 다시 잠잠해졌습니다. 나와 소녀는 아주 긴 침묵의 시간을 가졌죠.

근데 말이야……. 이제 나는 널 볼 수가 없을 것 같아. 미안, 대머리 눈사람. 나는 따뜻한 남쪽 나라루 가야만 해. 제비들이 무리 지어 여행을 떠나는 그곳으로 말이야.

소녀는 슬픈 표정으로 나를 바라봤습니다. 이젠 이게 나한테 필요해. 그러더니 내게 씌워주었던 물안경을 다시 가져가 버렸습니다. 그리고 대신해서 자신이 쓰고 있던 작은 안경을 내게 주었습니다. 그제야 더 이상 이 세상이 파랗게만 보이지 않았죠. 눈은 하 고 소녀의 얼굴은 나뭇빛보다 훨씬 연한 주황색이었습니다. 옷은 빨간색이었고 신발은 검은색이었습니다. 내 귀마개와 비키니 수영복은 분홍색이었고 산타 모자는 빨간색이었습니다. 나는 그전까지 이 모든 것들이 파란색인 줄 알았는데 말이죠.

대신 너한텐 이 안경을 선물해줄게. 미안, 대머리 눈사람. 언젠간 꼭 놀러오도록 할게.

소녀의 표정이 기뻤는지 슬펐는지 가늠할 수 없었습니다. 아마 시원섭섭한 묘한 감정이었겠죠. 내게 마지막 키스를 남긴 후, 소녀는 물안경을 쓰고 이 세상을 파랗게 바라보며 떠났습니다.

차라리 나쁜 소식부터 들었다면 내게 좀 위안이 됐을까요? 소녀를 볼 수 없겠지만 행복하게 살 것이란 희망이 남았을까요? 같은 감정이겠지만 나는 슬펐습니다. 소녀가 행복하게 살겠지만 더 이상 소녀를 볼 수 없다는…….

그렇게 떠나버린 소녀는 다음 날부터 더 이상 오지 않았습니다.

그 다음 날도 오지 않았고, 오늘까지 오지 않았습니다. 아마 소녀는 평생 오지 않으려나 봅니다. 그래서 나는 기다림에 지쳐, 이렇게 찾아나서는 여정을 택한 것이랍니다.

벚꽃을 사랑했던 눈사람

긴 여정의 시작

꼬박 이틀간을 걸었던 탓에 쇼펜쥐는 매우 화가 나 있었다. 알게 모르게 성질을 부려도 눈사람은 모른 척할 뿐이었다. 반면 눈사람은 이 여정이 매우 기뻤는데 한 걸음 한 걸음 나아갈수록 소녀와 더욱 가까워지는 기분이 들었기 때문이다. 목적지도 없는, 무작정 남쪽 나라로 가야만 하는 고된 여정이었지만 더할 나위 없이 기뻤다.

소녀가 고별인사를 하던 그날, 눈사람도 벚꽃이 몹시 궁금해 참을 수가 없었다. 얼마나 아름답고 곱기에 자신이 사랑했던 소녀의 마음을 대번에 사로잡았을까 하는 호기심이었다. 벚꽃 앞에서 소녀와 함께 낭만적인 데이트를 즐기는 흐뭇한 상상을 하고 있던 중에 쇼펜쥐가 소녀를 만나도 넌 어차피 죽게 될 거라며 공연히 시비를 걸어왔다. 하루 이틀 일도 아니고 매번 듣는 소리에 눈사람이 별 대꾸하지 않으니 약이 오른 쇼펜쥐가 더욱 노골적으로 퉁퉁거렸다.

“에-헴, 내가 한마디만 하지. 눈사람아 너는 말이야, 절대루 절대루 벚꽃을 사랑하면 안 되는 존재야. 너는 벚꽃이 필 무렵부터 죽어가는 존재기 때문이지. 세상 사람들이 너와 벚꽃이 함께 있는 모습을 본다면 지구가 망했다고 꺼이꺼이 울게 될 거야."

듣기 싫은 눈사람은 노래를 불렀고 노래 가사에 쇼펜쥐의 일장연설이 파묻혀 버렸다. 쇼펜쥐는 무슨 말을 하든 막무가내 식으로 우기는 눈사람이 살짝 얄미워져서 얼마간의 시간이 더 흘렀을 때 드러누워 버리고 말았다. 다리에 감각이 없어진 것 같으니 앞으론 굴러서 가야 할 것이라고 진상을 부렸다.

"그럼 뭘 어떻게 하잔 말이야. 아직도 눈길이 깊어서 여기서 조금이라도 더 있다간 우리 둘 다 얼어 죽게 될 텐데."

"말은 바로 해야지. 넌 내가 얼어 죽을수록 살맛 나는 존재잖아? 난 눈사람이 얼어 죽었단 얘긴 한 번두 들어본 적 없다. 제발 눈사람아, 이렇게 계속 가면 난 도착하기도 전에 아이스크림이 되고 말 거야."

결국 별수 없이 눈사람은 자신의 어깨에 타도 좋다고 쇼펜쥐에게 말하려 하는데, 녀석은 말이 끝나기도 전에 쪼르르 달려가 눈사람의 어깨 위에 올라탔다. 그리고 호시탐탐 눈사람의 당근코를 욕심냈다.

"얼어 죽은 너는 잘 모르는 기분이 있어. 나 같은 유기체 생명은 배고픔이라는 기분을 느낀다. 그건 말이지 정말루 비참한 기분이야. 날 키우던 철학자 아저씨는 종종 세상 모든 걸 가졌어도 배고픈 동물은 불쌍한 거라고 말했다."

"그래도 안 돼. 벌써 몇 번째야? 그동안은 운이 좋아서 쉽게 당근을 구했지. 앞으로도 당근이 널려있을 거란 보장이 어디 있어? 그리고 이

전번엔 썩은 당근을 구해와 코로 숨도 쉬지 못했잖아."

"눈사람 주제에 벚꽃을 보고 싶단 희망은 가지면서 당근이 꼭 있을 거란 희망은 왜 없어?"

하는 수 없이 눈사람은 이번에도 자신의 당근코를 양보하기로 했다. 게걸스럽게 먹어대는 쇼펜쥐의 모습이 어쩐지 안쓰럽게 느껴지기도 했다. 그러면서 속으로 유기체로 세상을 산다는 것은 참 불편한 것이라고 느꼈다. 순식간에 당근코를 먹어치운 쇼펜쥐는 눈사람의 어깨 위에 드러누워 버렸다.

"네가 모르는 또 하나의 감정이 있지. 아무리 가진 거 없어도 배부른 동물은 세상 제일 행복한 동물이야. 이 게을러지고 싶은 기분을 너는 알까?"

눈사람은 아랑곳하지 않고 묵묵히 길을 걸었다. 반응이 없자 드러누웠던 쇼펜쥐가 다시 몸을 일으키며 눈사람에게 무언가 원하는 게 있다는 듯 끈끈한 눈빛으로 물었다.

"그런데 우리가 이렇게 아는 길도 없이 무작정 남쪽으로만 간다고 소녀를 만날 수 있을까?"

"분명 남쪽 나라로 간다 했어. 이 세상은 남쪽이 따뜻한 나라라서 그곳엘 가면 벚꽃이 핀다고 했거든."

"무작정 남쪽 나라라니? 그러다 남극에 도착하게 되면 벚꽃은커녕 흰곰한테 무참히 내 고기를 내줘야 할걸."

"흰곰?"

"나는 예전 우리 주인이 보던 텔레비전에서 흰곰을 본 적이 있는데 녀석들은 엄청나게 난폭한 놈들이야. 배가 고프면 그 큰 덩치를 숨기고 살금살금 다가오지. 사냥감이 가까워지면 목덜미를 물어 질식시킨 다음 무자비하게 덮쳐서 살코기를 바리바리 찢는 놈들이야."

쇼펜쥐는 이렇게 말하면서 과장된 동작으로 흰곰의 흉내를 내고 있었다. 두 손을 위로 세우고 작은 제 입을 가장 크게 벌리며 무서운 눈빛으로 눈사람의 눈을 응시했다.

"하지만 눈사람은 녹아봤자 물 뿐이지? 또 나만 쥐어터지겠군. 흰곰은 무지무지 큰놈들이라서 나 같은 놈 따윈 간식거리도 되지 않는다. 흰곰의 새끼들이나 내 고기를 먹을걸."

가만히 듣고만 있던 눈사람도 흰곰의 존재를 알게 되자 문득 겁이 나기 시작했다. 최대한 상상의 나래를 펼쳐 봐도 그 크기가 어느 정도일지 짐작조차 되지 않았기에 더욱 마음 졸일 수밖에 없었다. 눈사람은 쇼펜쥐에게 고기가 되는 것 말고 다른 방법으로 흰곰과 친해질 수 없는지 물었다.

"글쎄, 흰곰은 워낙 포악하고 멍청한 놈들이라서 고기보다 맛있는 게 없다고 생각한다. 예전에 우리 철학자 아저씨가 흰곰은 콜라를 좋아한단 말을 들려준 적이 있긴 하지만 우리는 콜라가 없으니 내 고기를 줘야겠지?"

눈사람은 세상에 대해 일절 아는 지식이 없는지라 쇼펜쥐의 엉뚱한 상상력을 곧이곧대로 믿을 수밖에 없었다. 그리고 지금이 기회다 싶은 쇼펜쥐는 이 여세를 몰아 자신의 몸을 더욱 움츠려 불쌍한 척을 해 보였다.

"콜라는 엄청 달콤한 음료수야. 나도 예전 우리 주인아저씨가 먹다 남긴 걸 맛본 적이 있다. 맛을 표현하자면 그냥 맛있는 맛이야. 하지만 흰곰은 워낙에 덩치 큰 녀석들이라서 한 병으론 안 될지두 몰라."

쇼펜쥐의 입 발린 말에 눈사람도 서서히 동요되기 시작했다. 더군다나 옆에서 녀석이 잔뜩 겁을 준 탓에 없던 두려움도 덜컥 생겨버리고 말았다. 눈사람은 괜한 길을 떠나온 것이 아닌가 하는, 길을 떠나고 처음 후회 비슷한 기분을 느꼈지만 이대로 포기할 수만은 없었다. 소녀의 아련한 음성과 살갗에 닿는 감촉이 너무나 그리웠기 때문이다.

꼬박 삼 일을 더 걷고 나서야 눈사람과 쇼펜쥐는 허름한 오두막집을 찾을 수 있었다. 그곳은 마을과 멀리 떨어진 언덕 위에 자리 잡고 있었는데 온통 통나무로 되어 있던 오두막집은 추운 겨울 홀로 따뜻한 입김을 내고 있었다.

기대와 설렘에 흥분하던 쇼펜쥐완 달리 눈사람은 말하고 걷는 자신을 보면 사람들이 놀랄까 조심하는 눈치였다. 자칫하다간 콜라는커녕 멀리 쫓겨날 수도 있었기 때문이다. 문 앞에 다다랐지만 열고 들어갈 용기가 나지 않았다. 이 맘을 아는지 모르는지 쇼펜쥐는 구수한 냄새 타령을 하며 얼른 들어가자고 문을 열어버렸다.

집 안의 풍경 중 가장 처음 눈에 보인 것은 묵직한 성경과 자비로운 성모마리아 상이었다. 독상 옆엔 가느다란 털실이 보였는데 뭉쳐있어

공처럼 보였다. 아늑한 그 집엔 화롯가가 있었고 그 안엔 마른 나뭇가지들이 제 몸을 희생하며 뜨거운 열기를 선물하고 있었다. 사실 그 화롯가 위엔 자신의 죽은 아들 겨드랑이를 감싸는 피에타상이 그려져 있었는데, 어쩐지 지금 타고 있는 그 통나무들은 가시 면류관을 쓴 아들을 닮아 있었다.

하지만 온화한 이런 분위기와는 달리 오두막집 안에선 중년 남녀의 싸우는 소리가 들렸다. 화롯가에선 씨 작은 불이 조금 타고 있었는데 날카로운 두 남녀의 목소리에 파묻혀 버렸다.

중년 부부는 성가신 불청객의 방문을 모르는지 세상 떠나갈 듯 큰 소리로 싸우고 있었다. 자못 심각한 목소리에 눈사람은 덜컥 겁이 나 버리고 말았다. 가뜩이나 말하는 자신을 보며 놀랄 사람들의 생각에 두려움을 안고 있었는데 신경질적인 목소리를 들으니 더욱 마음이 졸여왔다.

아랑곳하지 않고 쇼펜쥐는 문을 열자마자 자신의 후각이 인도하는 데로 부리나케 달려갔다. 달려간 그곳엔 얼마 남지 않은 호박죽과 먹다 남은 비린 생선이 있었는데 대가리만 남은 생선 앞에 우뚝 선 쇼펜쥐는 시장을 반찬 삼아 허겁지겁 먹기 시작했다.

행동이 조심스런 눈사람은 문을 열고 한참이 지나서도 안으로 들어가질 않았다. 처음 문을 연 순간 불어오는 따스한 기운이 눈사람은 별로 좋지 않았다. 어딘지 모르게 몸 어느 한구석이 흘러내리는 기분이었다.

우두커니 문 밖에 서있던 눈사람에게 쇼펜쥐가 무슨 대단한 일이라도 벌어진 듯 호들갑을 떨며 달려왔다. 쇼펜쥐는 두 손으로 힘겹게 당근 하나를 나르며 눈사람 곁으로 다가왔다. 그러면서 이 정도의 신선함이라면 앞으로 몇 주는 썩을 일도 없을 것이라고 일러두었다. 사실 쇼펜쥐가 들고 온 그 당근은 몇 주가 아닌 몇 년이 지나도 썩지 않을 플라스틱으로 된 모형 당근이었지만 아무도 그 사실을 몰랐다.

잠잠해질 것 같던 중년 부부의 말다툼 소리가 다시 시끄러워졌다. 점점 커져가는 중년 부부의 목소리에 두려움이 더욱 커졌다. 눈사람은 언제 사람들이 문을 열고 나올지 몰라 노심초사했지만 쇼펜쥐는 방앗간 만난 참새처럼 기쁨을 감출 수 없었다.

"찾고는 있는 중인데 이 거무스름한 게 콜라인지 아닌지는 분간이 가질 않는다. 분명히 색깔은 비슷한데 맛은 조금 다르다. 만일 내가 흰곰인데 누가 나에게 이걸 줬으면 매우 화가 났을 거 같아."

쇼펜쥐는 제 몸보다 훨씬 더 큰 간장을 가져 나오며 갸우뚱거리고 있었다. 시간이 지체될수록 눈사람은 더욱 조급해지기 시작했다.

그러다 결국 참아줄 수 없는 인기척을 느끼고 방문을 연 부부에게 들키고 말았다. 중년 부부는 당황스러움에 아무 말도 할 수 없었다. 눈이 마주친 눈사람은 멋쩍게 인사를 건넸다. 세상에 말하는 눈사람이라니, 오두막집 주인 부부는 말하는 눈사람과 말하는 쥐를 번갈아 보며 입을 다물 수 없었다.

따뜻한 김이 모락모락 피어오르는 오두막집. 쇼펜쥐는 작은 컵에 따뜻한 우유를 홀짝 마시고 있었고 눈사람은 차가운 얼음물을 마시며 소파에 앉아있었다. 자초지종을 듣던 주인 부부는 크지도 작지도, 기쁘지도 슬프지도 못한 엷은 웃음을 지으며 알 수 없는 표정을 지었다. 간혹 화롯가에서 톡톡- 불씨 터지는 소리가 들렸는데 고요한 정적 속에서 불씨 하나만이 어색한 침묵을 주기적으로 환기시켰다. 이야기를 다 들은 주인아줌마는 안타까운 목소리로 소녀가 어디로 갔는지는 아느냐고 물었다.

"남쪽 나라로 간다 했어요. 남쪽은 따뜻한 나라라서 그곳엘 가면 벚꽃이 피고 나비가 꿀을 찾아 여행한다 말했어요."

"남쪽도 한두 군데여야지……."

"아마 나를 기억한다면 그리 멀리 가진 않았을 거예요. 여기에서 가장 가까운, 벚꽃이 가장 먼저 피는 남쪽 나라로 가면 분명 절 기다리고 있을 거예요."

눈사람의 아주 확신에 찬 목소리에 주인아줌마는 더 이상 대꾸할 수 없었다. 그런데 간장은 왜 훔쳐 가려 했니? 분위기가 조금 불편해지자 주인아저씨가 쇼펜쥐 뒤에 놓인 간장을 가리키며 물었다. 쇼펜쥐는 이 기회를 놓치지 않고 또다시 근엄한 척, 그건 우리에게 콜라가 필요해서입니다, 어르신. 점잔 빼며 대답했다.

"남쪽 나라로 가다가 남극이라도 가게 된다면 흰곰을 만날 수도 있잖아요? 저는 한 번두 본 적 없지만 흰곰은 콜라를 좋아한다 했어요.

그렇지 쇼펜쥐야?"

눈사람은 애절한 눈빛으로 아저씨에게 사정하듯 말했다. 쇼펜쥐도 그런 눈사람의 마음을 아는지 격하게 공감을 표시하며 동조하고 있었다.

"흰곰이 콜라를 좋아한다는 것도 처음 들어보지만, 만일 그렇다 쳐도 그걸 흰곰에게 주면 너희는 무조건 죽는단다. 간장을 콜라로 둔갑시키는 일은 얄미운 막냇동생에게나 하는 짓이지."

결국 주인 부부는 웃음을 참지 못하고 크게 웃어버렸다. 아까 전 집이 떠나갈 듯 다투던 일은 이미 잊은 지 오래인 모양이었다. 그 사정을 모르는 쇼펜쥐와 눈사람은 어리둥절하게 서로 쳐다보았다. 주인아저씨는 인생을 살다 보니 별 재미있는 경험을 다 하게 된다며, 그 간장은 여기에 두고 콜라는 특별히 자신이 사다주겠다 말했다.

그는 자리에서 일어나며 외투를 챙겼는데 군데군데 어색한 바느질이 덧붙어 있는 누더기 외투였다. 갈색 비슷한 초록색, 말하자면 카키색의 허름한 외투를 챙긴 주인아저씨는 문밖으로 걸어나갔다. 그리고 그 뒤를 눈사람이 따라나섰다. 흔들의자에 가만히 앉아 있던 주인아줌마는 밖을 나서는 눈사람에게 날씨가 춥다 말하며 붙잡아 두려 했다. 듣고 있던 쇼펜쥐가 원래 눈사람에겐 추운 겨울이 더 어울리는 법이라고 괜히 말을 보탰다. 듣고 보니 그 말도 일리는 있어 더 이상 붙잡지 않았다.

주인아저씨는 친절하게 눈사람을 자신의 차로 안내했다. 낡은 외투만큼이나 그의 차도 허름했다. 여기저기 상처가 많이 나 있던 차는 한

눈에 보아도 연식이 꽤나 돼 보였다. 심지어 시동이 걸리는 소리조차도 그 차가 건강하지 않다는 걸 느끼게 해주었다.

“그런데 눈사람아. 정말 소녀를 만날 수 있겠니? 너도 알다시피 벚꽃은 따뜻한 계절에 피는 꽃이란다. 한데 눈사람은 추운 계절에 피는 꽃이잖니. 어쩐지 둘은 너무 어울리지 않는 것 같아서 허망한 꿈처럼 느껴지는구나.”

“원래 꿈을 좇는 사람들은 가시적인 성과가 있기 전까진 모두 미련해 보이는 법이잖아요?”

눈사람의 예상외 답변에 주인아저씨는 놀란 눈치였다. 이에 눈사람이 방금 한 말은 자신이 지어낸 것이 아니고 쇼펜쥐가 들려준 이야기라 말했다. 주인아저씨는 화제를 돌려 쇼펜쥐가 어떻게 그리 멋진 이름을 갖게 된 것인지 물었다.

“저도 자세한 건 모르지만 쇼펜쥐는 원래 철학자 주인 밑에서 자랐다고 했어요. 철학자 주인은 아는 것이 정말 많은 사람이지만 세상에 인정받지 못한 사람이라 했어요. 그래서 늘 인생에 부정적인 사람이었죠. 그래서 또…….”

“오-호 그래서 이름을 쇼펜하우어라 지은 게군. 그 사람은 지독한 염세주의자였으니 말이야. 참 너와는 반대되는 아이구나. 한 녀석은 지나치게 부정적이고 또 다른 한 녀석은 지나치게 긍정적이고.”

“하지만 아저씨, 아저씨도 꿈이 있었던 적이 있겠죠? 누구나 품어볼 수 있는 큰 이상 같은 것 말이에요.”

“꿈이라……. 내 나이에 들어서면 낳은 자식이 내 꿈이 되곤 하지. 하지만 난……. 자식을 볼 수가 없단다.”

운전하던 주인아저씨의 표정이 급격히 침울해졌다. 그의 눈가엔 보이지 않게 작은 눈물이 고여 있는 것 같았다. 눈사람은 무슨 일인지 꼭 물어보고 싶었지만 참기로 했다.

이윽고 차의 시동이 꺼졌다. 어느새 다다른 마트 가장 구석진 곳에 아저씨는 차를 대었고 눈사람의 작은 보폭을 맞추느라 주인아저씨는 몇 번이고 가던 길 멈추기를 반복했다. 말하는 눈사람이 걸어 다니기까지 하니 서서히 마트 안 이목들이 집중되기 시작했다.

큼직한 콜라 두 병을 집어 든 아저씨는 옆에 있던 소시지 시식 코너에서 몇 점 맛을 보았는데 생각보다 맛나지는 않았다. 곁에 있던 눈사람에게 요지로 한 점 집어 주려 할 찰나에 크게 놀라고 말았다. 마트 안의 따뜻한 기온 탓에 눈사람의 몸통이 녹아내리고 있었기 때문이다. 물이 주룩주룩 여름날 성질 사나운 소나기처럼 쏟아지고 있었다. 아주 잠시였음에도 불구하고 눈사람은 머리가 어지럽고 기력이 빠져나가는 것이 곧 쓰러져 버릴 것만 같았다.

결국 장은 아저씨 혼자 보기로 하고 눈사람은 아이스크림 코너로 옮겨져 시원한 바람을 쐬고 있었다. 눈사람은 이제야 좀 살 것 같은 기분이었다. 잠시 아저씨가 사라진 틈을 타 여기저기 사람들이 모여들기 시작했는데, 모여든 사람들은 도대체 이 말하는 눈사람이 무슨 인형인지, 어디서 파는 건지 등을 꼬치꼬치 물었다.

"인형이 아니에요. 저는 눈사람이에요."

걷는 눈사람보다 더 신기한 말하는 눈사람을 본 사람들은 두려움 반 호기심 반 심정으로 더욱 말을 걸어왔다. 더러 어떤 이들은 그 말이 믿기지가 않아 직접 눈사람의 뺨을 만져보기까지 했는데 그 얕은 추위와 한기를 느끼고 나서야 자신 앞에 펼쳐진 말도 안 되는 이 상황에 실감이 들었다.

순식간에 마트 안은 아수라장으로 변했다. 여기저기서 카메라 플래시가 터져 나오고 '찍습니다, 치-즈, 김-치'거리며 내장되어있는 기계 음성들이 혼잡하게 뒤섞여 들렸다. 눈사람을 보고 있던 꼬마 손님들은 저 눈사람을 사달라며 곱게 잡은 엄마의 손을 채근했다.

그리고 또 누가 시작했는지는 몰라도 입찰 경쟁이 벌어지기도 했다. '십만 원!'이라 외치는 목소리를 시작으로 여기저기서 눈사람의 몸값이 그야말로 불어난 눈덩이처럼 높아지기 시작했다.

아니에요, 저는 파는 물건이 아니라구요! 목청껏 외친 눈사람의 절규는 불붙은 낙찰 경쟁에 파묻혀 버렸다. 얼마 지나지 않아 순식간에 호가가 백만 원을 훌쩍 넘기며 주위가 잠잠해지기 시작했다. 구매력 없는 몇몇 소비자들이 떨어져 나가 주위가 다소 조용해진 틈에야 눈사람의 고요한 목소리가 들렸다.

"저는 벚꽃을 찾는 눈사람이에요. 저는 지영이란 이름의 소녀를 찾아다니고 있어요. 소녀는 나를 만들어줬던 아이에요. 키는 저보다 조금 크고 얼굴엔 주근깨가 있는 조그만 소녀죠. 저는 파는 물건이 아니라구요. 그 아이는 나를 좋아하긴 했지만 벚꽃이 보고파서 따뜻한 남쪽 나라로 떠나버렸어요. 그래서 나는 남쪽 나라 벚꽃이 피는 계절이 있는 곳으로 가야만 해요."

"벚꽃을 찾는다고? 얘야. 눈사람은 벚꽃을 볼 수 없단다."

가격을 부르던 목소리들이 순식간에 비웃음으로 뒤바뀌었다. 간혹 어떤 웃음소리엔 안타까움이 묻어 나오기도 했다.

"그래도 전……. 벚꽃을 찾아야만 해요."

주눅 든 눈사람이 고개를 숙이며 말할 때쯤 장을 보던 주인아저씨가 곁에 왔다. 한 손으로 눈사람을 가볍게 든 주인아저씨는 '이만 실례하겠습니다.'라는 말을 남긴 채 자리를 떠났다. 남아있던 모든 사람들은 눈사람과 주인아저씨의 뒷모습을 보며 아쉬운 입맛을 다셨다.

장을 마치고 돌아오는 길에 눈사람은 한마디도 하지 않았다. 주인아저씨의 배려 덕에 활짝 열어둔 차창 사이로 차가운 바람이 매섭게 불어왔다. 눈사람은 바깥을 바라보며 이 바람과 벚꽃이 얼마나 어울릴 수 없는지 또다시 고민하기 시작했다. 주인아저씨가 위로하려 말을 건네 왔는데 눈사람은 애써 주눅 들지 않은 표정을 짓고 이 정돈 예상하고 있었다고 말했다.

제가 미련하다 생각하나요? 가엾게 묻는 눈사람의 물음에 주인아저씨는 선뜻 대답하기 힘들었다. 자신의 뜻 없는 말 한마디가 자칫 큰 상처가 될 수도 있을 것 같았기 때문이다. 한참을 제 머릿속에서 유순한 단어들을 골라 생각하다가 대답했다.

"얼룩말을 사랑하는 사자가 있다 생각하면 당연히 낯설 수밖에 없지 않겠니?"

눈사람은 입을 다물었다. 겨우 단어만 바꿨을 뿐인데 얼룩말을 사랑한 사자는 무척 미련한 동물처럼 느껴졌기 때문이다. 다른 사람들도 모두 날 이렇게 여기고 있을까? 다시 집에 도착했을 때 주인아줌마는 안쓰러운 얼굴로 눈사람을 반겨주었다. 하지만 눈사람은 그 반가운 표정에 응답할 기분이 아니었다.

주인아저씨는 비닐봉지에 담긴 750㎖ 콜라를 건네며, 바로 이처럼 페트병 아래에 기포가 뽀글뽀글 생기는 것이 콜라고 너희들이 집어 들었던 건 간장이라 말했다. 호기심 어린 눈빛으로 콜라를 받아든 쇼펜쥐는 본능적으로 콜라의 이곳저곳에 코를 들이밀며 냄새를 맡기 시작했다. 확실히 저번 간장보단 단내가 물씬 풍겼다.

또다시 쇼펜쥐가 큰 점잔을 빼며 어르신 이걸 어떻게 보답해야 할지, 하고 말했다. 잊을 만할 때쯤이면 어김없이 말을 붙이는 것이 꼭 그동안 외로웠던 자신의 심정을 보상이라도 받고 싶은 모양이었다. 주인아저씨는 이미 어떻게 보답을 받을지도 다 생각해 두었다고 능청을 떨며 맞받아쳤다.

"날씨가 몹시 춥구나. 이제는 큰 추위가 끝물이라 그런지 워낙 기승을 부린단다. 알다시피 날씨란 꼭 마지막에 더 사나운 법이거든."

주인아줌마가 오른손을 펼치면서 바람의 세기를 가늠하고 있었다. 한겨울의 날씨는 정말 추웠다. 매서운 바람이 불지 않을 때도 추웠지만 바람까지 더해진 겨울은 훨씬 더 추웠다. 주인아줌마는 잠시 바람이 고집을 꺾을 때까지만이라도 조금 머물다 가는 것이 어떻겠냐 물었다. 하지만 눈사람은 그럴 시간이 없다며 지금 당장 떠나야 한다 말했다.

"눈사람아. 너는 괜찮다 하더라도 쇼펜쥐는 이 추위를 쉽게 견딜 수 있을 것 같지가 않아서 말이지……."

쇼펜쥐의 눈이 휘둥그레 커졌다. 이 추운 겨울은 분명 그 작은 생물이 견뎌내기엔 가혹한 것이었다. 내심 주인 부부댁에 더 머물기를 바랐던 쇼펜쥐는 또 이번 기회를 놓치지 않았다.

"눈사람아. 너는 남쪽이 어느 방향인지도 모르지? 운 좋게 남극을 벗어난다 해두 지구는 둥그니깐 계속 걸어나가면 또다시 남극에 도착하게 될 거야."

말하는 눈사람

한편, 같은 시각 다른 장소에선 오만가지 난리가 벌어지고 있었다. 말하는 눈사람을 목격한 사람들은 다들 저마다의 방식으로 말을 옮기며 목격하지 못했던 다른 이들의 궁금증을 증폭시켰다.

"키는 내 허리쯤에 왔었지? 분명 말을 하더라니까."

"지민 엄마! 그 집도 분명 들었지?"

"듣다마다. 우리 지민이는 그걸 사달라고 어찌나 졸라대던지 원……."

계 모임의 화제는 단연 말하는 눈사람이었다. 더러 의구심 많은 어떤 이들은 그것이 마트 측의 연례행사로서 큰 이벤트라 말하기도 했었다. 삭막해져만 가는 이 현실에서 그나마 우리 아이들의 동심을 지킬 수 있도록 준비된 하나의 퍼포먼스란 논리였다.

"소식 들었어? 난 도무지 믿기지가 않더라. 세상에 어떻게 눈사람이 말을 한다니? 분명 마트에서 사람들 이목을 끌려고 목소리가 녹음된 인형을 가져온 거겠지."

"누가 아니래? 참 사람 영악하다는 건 옛말이야. 그런 하찮은 속임수에 다들 속아 넘어가다니."

고지식해 보이는 어떤 여자는 주워들은 과학적 지식 몇 가지를 나열하며 왜 눈사람은 말을 할 수 없는가에 대해서 설파하고 있었다. 하지만 믿을 수 없다는 자칭 과학적인 사람들의 모임도, 너무나 자세한 정황들 앞에서 입을 다물 수밖에 없었다.

"목소리가 녹음되어 있는 것 같진 않던데?"

"맞아, 분명 녹음된 목소리는 아니었어. 오디오에서 흘러나오는 소리라면 최소한의 기계음이라도 뒤섞여야 맞는 경우지."

"말도 얼마나 잘했다고. 내가 물은 모든 질문에 다 받아치던걸? 그게 녹음된 답변이면 내가 무슨 질문을 할지도 이미 알고 있었다는 건가?"

"하지만 그래도 말이 안 돼, 어떻게 눈사람이 말을 한다니? 대관절 눈사람이 말을 하는 이유는 또 무엇이고?"

계속되는 과학적 증거에 대화는 끊기고 이어지기를 반복했다.

"벚꽃! 분명 벚꽃을 찾아 떠난다 말했어."

"벚꽃?"

"그래 벚꽃 말이야. 눈사람은 벚꽃을 찾기 위해 여행을 떠나는 중이라 했어."

"아니 눈사람이 벚꽃을?"

결국 대화를 나누고 있던 이들과 이를 한 발짝 떨어져서 몰래 엿듣고 있던 모두가 실소하고 말았다.

"참- 낭만적인 이야기이긴 하지만 어떻게 눈사람이 벚꽃을 보겠다는 거니?"

"아니야. 벚꽃을 찾아 떠나는 게 아니라. 벚꽃을 사랑했던 소녀를 찾아 떠난다고 했지."

"맞아 벚꽃이 아니라 벚꽃을 사랑했던 소녀. 이름은 지영이라는 아이 말이야."

"그게 그거지 뭐 안 그래? 결국 종합해보자면 벚꽃을 사랑했던 소녀를 찾기 위해 벚꽃을 찾아 여행을 떠난다는 거 아니야?"

제법 시원하게 얘기를 간추린 어느 한 여자의 얘기를 끝으로 눈사람은 결국 벚꽃을 사랑하는 눈사람이 돼버리고 말았다. 그뿐만 아니라 그보다 더욱 명확한 증거가 인터넷 세상에선 날개 단 듯이 퍼져나가고 있었으므로 말하는 눈사람이 이 세상에 존재한다는 의문은 기정사실이 되어가고 있었다.

눈사람이 마트에 출현한 그날, 여기저기서 날아들어 오는 카메라 플래시와 촬영된 동영상이 네티즌 사이에서 큰 이목을 끌며 일파만파 퍼져나가고 있었다. 고요한 개울가에 던져진 돌의 파장처럼 처음엔 사소하게 아는 사람만 알았던 사실이, 어느덧 모르던 사람들도 알 수밖에 없는 사실로 변모했다.

당나귀 귀를 가진 임금님의 소문처럼 삽시간에 퍼진 동영상은 인터넷 세상에서도 또 다른 언쟁을 낳았다. 대화의 레퍼토리는 아줌마들의 수다와 마찬가지로, 어느 한쪽은 보이는 것이 믿는 것이다 주장하며 눈에 보이는 동영상을 근거로 말하는 눈사람이 존재한다 말했다.

이에 비해 다른 한쪽은 믿고 싶은 쪽으로 보는 법이다 주장하며 또 다시, 아니 이번엔 제법 학술적인 근거를 붙여가며 눈사람은 어째서 말을 할 수 없는가에 대한 갑론을박이 펼쳐지곤 했다. 확실히 인터넷 세상은 다양한 사람들이 모여드는 곳이니, 서로 아는 지식의 마디마디를 연결지으며 제법 학술적인 성격을 띠게 된 것이었다.

방송국의 보도국장은 오늘도 의미 없는 회의를 계획했다. 사실 모여봐야 별 뾰족한 수 없으리란 건 이미 초임 조연출 시절부터 몸소 느끼고 있었다. 다만 일하는 시늉이라도 보여야 나중에 인사고과에서 불이익을 피할 수 있었기에 시늉하는 일이라도 열심이었다. '뾰족한 수 없더라도 일단 바빠 보여라' 그의 생활신조는 무사안일주의가 된 지 오래였다.

불과 몇 시간 전만 해도 그 마음엔 변함이 없었다. 그렇지 않아도 얼마 전엔 공채 출신 신입 PD와 경험 많은 FD가 현장에서 다툼을 벌이는 바람에 회사의 위신이 말이 아니었다. 방송국 안에서 피디와 작가들의 다툼은 지겨울 정도로 많이 일어났지만 무대감독과의 싸움은 흔치 않은 일이었다.

단합을 해도 모자랄 판에 이런 사소한 갈등이 비일비재하자 영 소문이 좋게 돌아가지 않았다. 특히나 공채 출신과 비공채 출신, 정규직과 외주업체들 사이의 불씨는 키워 봤자 방송국 입장에서도 좋지 않왔다. 옮겨붙기 전에 진화해버려야 두고두고 마음 쓸 일이 없어지는 것이었다.

그래서 오늘은 회의를 빌미로 각각 헤드급 피디와 조연출들을 불러 모아 군기 좀 잡으려 자못 무거운 분위기를 연출하고 있었다. 불과 몇 시간 전만 해도 그러했다.

아침 8시에 출근하여 아주 오랜만에 정장을 갖춰 입고 넥타이를 막 매려던 찰나에 사내 홈페이지 담당 부서에서 연락이 왔다. 홈페이지가 폭주하여 무슨 일인고 봤더니 하나같이 말하는 눈사람의 존재를 제보하고 있었다.

가장 긴 동영상은 4분 32초로 말하는 눈사람을 정면을 찍은 영상이었다. 나머지 다른 동영상들도 마찬가지로 같은 눈사람을 담고 있었는데 화면과 각도만 달랐지 내용은 한 치도 틀림없었다.

"저는 벚꽃을 찾는 눈사람이에요. 저는 지영이란 이름의 소녀를 찾아다니고 있어요. 소녀는 나를 만들어줬던 아이에요. 키는 저보다 조금 크고 얼굴엔 주근깨가 있는 조그만 소녀죠. 저는 파는 물건이 아니라구요. 그 아이는 나를 좋아하긴 했지만 따뜻한 벚꽃이 보고파서 남쪽 나라로 떠나버렸어요. 그래서 나는 남쪽 나라에 벚꽃이 피는 계절이 있는 곳으로 가야만 해요."

눈사람의 음성이 또렷이 들렸다. 처음 말하는 눈사람을 대면한 보도국장도 서서히 '설마?'가 '설마!'로 바뀌기 시작했다. 말을 하는 도중의 눈사람 표정이 너무나 자세하게 변하고 있었기 때문이다. 이것이 만일 녹음된 음성이거나 준비된 답변이었다면 어떻게 그 표정까지 자세하게 연출할 수 있는지, 그 또한 의문이었다.

브라우저 창을 내리닫고 보도국장은 재킷을 집어 들었다. 눈으로 보고도 믿기지 않아 누구라도 만나 얘기 좀 해보고 싶은 심정이었다. 9시로 예정되어 있던 회의는 보도국장의 호기심으로 인하여 예고 없이 연기되었다. 이런 자세한 내막을 모르는 헤드급들은 묵묵히 회의실에서 국장만을 기다리고 있었다.

나이 많은 선배 피디들부터 시작하여 갓 입사한 새내기 피디들까지 무거운 분위기에 휩싸여 쉽사리 말을 꺼내지 못했다. 오고 간 말은 한마디 없었지만 다들 오늘 이 자리가 회의라는 이름을 빌린 정신교육의 장이란 사실을 모를 이는 없었다. 연출은 그들의 일상인지라 국장이 들어왔을 때 어떤 표정을 지을 것이며 또 어떠한 말로 국장의 지루한 잔소리를 최소화할 것인가, 이미 머릿속으로 시나리오를 완성해두었다. 국장은 한번 잔소리를 시작하면 제 분에 못 이겨 얘기가 길어지는 사람이라는 것을 누구나 알고 있었기 때문이다.

완성된 설정 중에 가장 괜찮은 시나리오는, 역시나 죄송하다는 말이 단연 최고였다. 물론 무작정 죄송하다는 말은 외려 더 큰 화를 낳는 법이니 이것이 꼭 말처럼 쉽지는 않다. 국장의 성품상 본격적으로 다그치기도 전에 죄송하다는 말로 그의 입을 틀어막으면 '죄송하다면 다야? 죄송이 밥 멕여줘? 대안을 제시해 봐 대안을!'이라 더욱 고집스럽게 맞대응하며 잔소리가 길어진다.

그러니 적당히 국장에게 화낼 시간을 줘야 하고, 적절한 시기에 죄송하다는 말을 꺼내야 하며, 또 적절하게 고개를 끄덕임으로써 자신들이 반성하고 있음을 표현해야 하는데 그 적절이라는 단어가 참 어려웠다.

가장 나이 많은 입사 15년 차의 능구렁이 피디는 이미 오랜 시간 국장을 곁에서 보필해 온지라 국장이 어떤 말을 싫어하고 어떤 말을 듣고 싶어 하는지도 알고 있었다. 국장은 항상 죄송하다는 말 뒤에 붙은 '대안'을 좋아한다. '죄송하다면 다야?'라는 말을 피하기 위해선 아무리 얼토당토않은 방법이어도 일단은 대안을 제시해야 한다.

하여 앞으로 조직의 혁신을 위하여 구체적인 계획 또한 세워 두었는데 그 내막은 방송계에 서로의 영역을 존중해주는 문화가 자리 잡아야 불필요한 잡음을 최소화할 수 있다는 따위의 말이었다. 물론 이 모두가 막상 현장에 대입하면 더더욱 불편할, 되지도 않는 구질구질한 이론이라는 것을 누구나 다 알고 있었고 그중에서도 본인이 가장 잘 알고 있었지만 그 역시 일하는 시늉에 익숙해져 버린 몸이었다.

9시로 예정되어있던 회의가 계속하여 지체되고 있었다. 어느덧 한 시간을 훌쩍 지나버렸을 땐 모여 있던 헤드급들의 불안이 최고조에 이르렀다. 그러다 시간이 한 시간을 넘겨 두 시간을 향해 흘러갔을 땐 거의 모두가 자포자기하고 말았다. 그들은 기왕 맞을 매라면 먼저 맞아버리는 것이 낫다는 심정이었다. 마음속 또 다른 한편에선 원망 비슷한 감정이 들기도 했다. 뭐 대단한 일이라고 사람 불러다 놓고 이렇게 큰 뜸을 들인담.

모여든 군중들의 서서히 흐트러져 가는 이런 마음을 아는 것인지 입사 15년 차의 최고참 피디가 냉엄하게 말을 꺼냈다.

"다들 준비 단단히 해두는 게 좋아."

칠흑 같은 적막 속에서 최고참 피디의 말이 비수 꽂히듯 깊게 박혔다.

"오늘 이 자리가 무슨 자리인지는 알지? 미꾸라지 몇 마리로 흙탕물이 번져서야 쓰겠냐고. 오죽하면 말이야 내 이런 말까진 안 하려 했는데……."

최고참 피디가 안 하려던 말을 하려던 찰나에 국장이 회의실 문을 박차고 들어왔다. 그의 손엔 엄청난 분량의 인쇄종이가 들려 있었다. 그때 시간이 11시였으므로 회의 시간엔 정확히 2시간 지각한 셈이었다. 허나 미안한 기색 하나 없이 국장은 그 카피들을 책상 앞에 늘어놓더니 아주 비장한 표정으로 으름장을 놓았다. 무조건 찾아내!

다짜고짜 찾아내라는 국장의 채근에 신입과 최고참 피디 모두가 어리둥절하고 있었다.

"무조건 찾아내라고!"

더욱 목청 높여 국장이 소리치자 영문도 모르는 헤드급들은 '네, 알겠습니다, 물론입니다, 존중합니다.' 등을 연발하며 대답하고 있었다. 얼마 전 회의 안건에서 통과된 이상한 규칙, 토론 시간에 상대방의 말에 동의하고 알아들었다면 뒤에 꼭 '존중합니다.' 한마디씩 말하며 조직의 화합을 도모하자는 그 안건 탓에 여기저기 존중한다는 말이 튀어나왔다. 현장에 대입하면 우스울 것 같았는데 오늘 보니 역시나 우스웠다. 2시간을 기다리게 했던 회의는 2분도 걸리지 않아 끝나버리고 말았다.

특목고 삼인방

끝물 추위는 주인아줌마의 말처럼 매서웠다. 잠잠해지는가 싶다가도 어느 순간 비가 내리고 그 비는 다시 얼어붙어 만물을 더욱 시리게 만들었다. 이대로 길을 떠난다면 쇼펜쥐는 마우스크림이 되어 도착할게 분명했다. 따스한 화롯가 앞, 주인아줌마는 흔들의자에 기대며 옷감을 뜨고 있었는데 그 옆엔 쇼펜쥐가 고분고분 앉아 호기심 어린 눈빛으로 바라보고 있었다. 촉감 좋고 보온성이 뛰어난 모사를 한 땀 한 땀 정성스레 잠자는 아기 다루듯 어르고 있는 모습이 무척이나 엄마 같았다. 모사는 가격적인 면에서 가장 값비싼 실이었지만 쇼펜쥐의 체구가 작았기에 그리 부담스럽지는 않았다.

오랜 시간이 걸려 모자를 다 뜨고 그녀는 쇼펜쥐의 날갯죽지와 허벅다리 사이의 간격을 재보았다. 자신 손의 한 뼘하고 반의반 뼘 정도였다. 돗바늘로 마저 모자를 완성하고 쇼펜쥐에게 씌워주니 제법 근사한 티가 났다. 쇼펜쥐는 무척이나 마음에 들어 눈을 자꾸 위로 치켜뜨며 자신 머리에 쓰인 모자를 보려 애를 썼다. 그런 녀석에게 그녀는 양손으로 머리를 고정하고 거울 보는 법을 알려 주었다. 거울엔 놀랍게도 쇼펜쥐의 모든 행동마저 똑같이 닮은 다른 쥐가 하나 더 있었다. 무척 맘에 들었다. 하지만 주인아줌마는 표정은 달랐다.

"모사는 따뜻하고 신축성도 좋지만 물에 너무 약하단다. 눈이라도 맞는다면 금세 흐물흐물해지고 말 거야."

"저만 좋으면 됐죠. 마음에 드는걸요."

쇼펜쥐는 그 검은색 모자가 무척이나 마음에 들었기에 다른 모자는 상상도 하고 싶지 않았다. 그래서 재빨리 모자를 다시 가로챘는데 한껏 들떠 맘에 들어 하는 모습을 보자 주인아줌마도 그냥 두기로 했다. 그 둘의 다정한 모습이 사람 엄마와 아들 쥐 같았다.

"주인아줌마. 저는 아줌마가 진짜 제 주인이었으면 좋겠어요. 내가 만났던 주인아저씨는 말이죠. 사실 엄청 거지였거든요. 만날 골방에 처박혀 세상이 잘못 돌아가고 있다 말하는 무척 따분한 아저씨였어요. 밥도 제대로 주지 않아 쫄쫄 굶은 적이 한두 번이 아니에요. 그래도 괜찮아요. 이젠 이렇게 근사한 모자가 생겼으니 말이에요."

주인아줌마는 살며시 웃으며 큰바늘로 쇼펜쥐의 몸통을 감쌀 따뜻한 원피스를 만들기 시작했다. 색색이 펼쳐진 여러 실들 앞에서 주인아줌마는 고민하지 않을 수 없었다. 겨울철엔 역시 가장 따뜻한 색깔인 검은색이 최고였지만 이미 모자를 검은색으로 만들어 놓았기에 다른 색감을 써 볼까 하는 생각이 들었다.

쇼펜쥐의 원피스가 완성되어갈 즈음 주인아저씨와 눈사람이 바깥에서 들어왔다. 표정을 보아하니 여전히 날씨가 사나워 빠른 시일 안에 다시 길을 나서긴 어려운 모양이었다. 침울해하는 눈사람과는 대조적으로 쇼펜쥐는 옷이 생겼다는 기쁜 마음을 감출 수 없었다. 화롯가에 가까이 갈 수 없었던 눈사람은 들어와 앉기도 전에 다시 바깥에 나가 버리고 말았다. 주인아줌마는 눈사람의 표정이 걱정되어 날씨가 여전히 추운지 넌지시 물었다.

주인아저씨가 날씨는 둘째치고 바람이 너무 사납다고, 눈사람은 몰라도 쇼펜쥐는 감당하기 힘들 것이라 고개를 저으며 말했다. 두 사람의 시선이 쇼펜쥐를 향했다.

“쇼펜쥐야. 눈사람은 지금이라도 당장 떠나고 싶어 하는 눈치더란다. 어떻게 하면 좋겠니? 너는 이 정도의 날씨라면 얼마 못 가 버티지 못할 텐데.”

주인아줌마는 돗바늘을 만지작거리며 우린 식구가 하나 더 늘어도 기쁠 것이라 말하다 그 끝을 흐렸다. 주인 부부의 의중을 대번에 알아차린 쇼펜쥐는 죄송하다 말하며 단호히 거절했다. 그리곤 홀로 밖을 나서는 눈사람을 잽싸게 따라나섰다.

황량하게 얼어붙은 대지와 눈밭에 눈사람의 시무룩한 발자국이 홀로 찍혀 있었다. 눈사람은 시간이 지체될수록 소녀가 더욱 자신에게서 멀어질까 하루하루 노심초사하고 있었다. 그 뒤를 따라나선 쇼펜쥐가 서둘러 눈사람의 어깨 곁에 올랐다. 그 둘은 서로 한참이나 말이 없었고 또 한참이나 정처 없이 걸었다. 이정표 없는 바다 한가운데 돛단배 처럼 눈사람은 무작정 아무 곳이나 걷고 있었다. 이 무자비하고 삭막한 길은 주위에 마실 물조차 풍족하지 못한 바다와 비슷해 시간이 흐를수록 더욱 초조하고 불안했다.

그러다 결국 참지 못해 말을 먼저 건넨 건 쇼펜쥐였다. 녀석은 공연히 기침 소리를 몇 번 내더니 불량스럽게 왜 그러느냐 물었다. 하지만 눈사람은 계속해서 아무것도 아니라고, 신경 쓰지 말라고 대화를 시작하기도 전에 끝맺어 버렸다. 그런 눈사람이 쇼펜쥐는 야속했다.

눈사람이 목적지 없던 발걸음을 멈춰 섰다. 눈사람과 쇼펜쥐는 자신들 앞을 지나가는 이상한 광경을 보며 놀라지 않을 수 없었다. 한눈에 보아도 무거워 보이는 큼직한 책가방을 멘 세 명의 아이들이 그들 앞을 지나가고 있었는데 얼굴은 제각기 달랐어도 표정은 하나같이 썩은 동태눈처럼 힘없고 맥 풀린 표정들이었다.

그들은 얼마 걷지 않아 한 곳에 멈춰 서기 시작했다. 매우 추운 날씨였는데, 한 녀석은 자신의 가방에서 큰 공책을 하나 꺼내 들더니 무언가 열중하기 시작했다. 쪼그리고 앉은 녀석은 무릎에 공책을 대고 무언가를 열심히 끼적거리고 있었다. 찬바람은 가혹하게도 그 여린 조막만 한 손을 빨갛게 얼어붙게 만들었다.

쇼펜쥐와 눈사람은 자신들을 보고도 감탄하거나 놀라지 않은 아이들에 오히려 놀라고 말았다. 피곤에 찌든 아이들은 우두커니 서서 무언가를 기다리고 있었다. 쪼그려 앉은 한 아이가 열심히 끼적이다 연

필을 부러뜨리고 말았다. 놀랄 것도 없이 그 아이는 고무 필통에서 다른 한 자루를 꺼내어 또다시 열중하기 시작했다.

쪼그려 앉은 아이는 신들린 듯 무언가를 외고 있었다. 서 있던 다른 아이들은 마치 그 일이 너무나 익숙한 일인 듯 눈길조차 주지 않았다. 아무래도 못다 한 숙제 탓에 바쁜 모양이었다. 쪼그려 앉은 아이의 염불 외는 소리 같은 말을 듣더니 쇼펜쥐가 옆에서 한마디 내뱉었다.

"학원에 가는 모양이야."

"학원?"

"애들을 효과적으로 괴롭히기 위해 어른들이 만든 무지 괴로운 것이지."

"어른들이 왜 아이들을 괴롭히는 건데?"

"그건 어른들도 아이였을 적에 그 위의 어른들이 괴롭혔기 때문이지."

"그러면 그 어른들은 또 왜 아이들을 괴롭혔는데?"

계속 추궁하는 눈사람의 물음에 쇼펜쥐가 약간은 귀찮다는 듯 퉁명스레 대답했다.

"아이들은 너무 작고 어리니 돈을 벌 수 없잖니? 만날 밥 달라고, 장난감 사달라고 괴롭히는데 어른들도 당하고 있을 수만은 없잖아? 그래서 거기에 복수하기 위해 학원을 만들어 아이들을 괴롭히는 거다."

쇼펜쥐는 세상을 다 아는 척 고개를 치켜세우며 또다시 엉뚱한 말을 늘어놓았다. 눈사람은 학원에서 아이들을 어떻게 괴롭히는지 물었다.

"학원에선 지금 보는 것처럼 아이들이 공부 말고 다른 일엔 관심도 두지 못하게 괴롭힌다. 그건 사실 어른들한텐 누워서 잠자는 것보다 더 쉬운 일이지. 옆집 철수는 수학 시험에서 100점을 맞아왔으니 너는 120점을 맞아와라 하면 되는 거야."

학원이라는 존재를 처음 알게 된 눈사람은 학원이 무척 낯설었다. 어른은 아이를 괴롭히고 그 아이는 자라서 또 다른 아이를 괴롭히는 어른이 되는 인간의 생리가 불쾌하게 느껴지기도 했다. 무엇보다 꼭 누군가를 괴롭혀야만 유지될 수 있는 이 세상이 갑자기 낯설게 느껴지기 시작했다.

"그러면 아이들도 어른들을 괴롭히고 비교하니? 옆집 아빠는 월급이 200만 원이니 2,000만 원을 벌어 와라 하냔 말이야."

"그건 절대 안 된다. 그런 말을 하면 매우 버릇없는 아이로 낙인찍히게 된다. 왜냐면 아이들은 어른들을 밥 먹는 것에 대해서만 괴롭힐 수 있고 나머진 절대 괴롭혀선 안 된다는 법이 있기 때문이야. 아이들은 항상 아프리카의 굶주린 아이들을 생각해야 해. 그 아이들은 먹을 것이 없어 독이 든 풀죽을 쑤어 먹다 시력을 잃고 마는 불쌍한 아이들인데, 그 아이들에 비하면 자신은 삼시 세끼 늘 배부르게 먹을 수 있으니 그것에 감사해야 한다. 그게 어른들이 만든 절대 바꿀 수 없는 규칙이다."

"그러면 아이들도 다 동의했니?"

"어른들도 자신들이 아이였을 적엔 동의하지 않았지만 어른이 되고 나선 암말 안 하는 거 보니 동의한 거나 다름없지."

"그럼 저 아이들도 나중에 어른이 되면 다시 아이들을 괴롭힐까?"

눈사람의 물음에 쇼펜쥐는 난처한 기색을 내비쳤다. 굴레는 영원할 것이란 말을 꼭 해두고 싶었지만 쉽사리 그 말을 꺼내고 싶진 않았다.

"그건 나도 잘 모르겠다. 한번 물어보는 게 어떻겠니?"

"글쎄, 우리가 말을 걸면 너무 놀라지는 않을까?"

쇼펜쥐는 아이들 곁으로 성큼성큼 다가가 자신의 몸집을 최대한 부풀렸다. 그리고 늘 하던 버릇처럼 온갖 점잔을 빼며 큰 소리로 말을 걸었다.

"이보게, 대가리가 나빠 슬픈 짐승들이여. 오늘은 학원엘 가서 어떤 괴롭힘을 받을 예정이지?"

이에 그동안 꿈쩍도 하지 않던 아이들이 하나둘 호기심을 보여 왔다. 추운 겨울 도톰한 점퍼를 올려 입은 한 아이가 유독 큰 관심을 보였다.

"괴롭힌다구?"

"그래, 오늘은 학원에서 무슨 괴롭힘을 받을 예정이니?"

쇼펜쥐의 황당한 발언에 곁에 있던 모든 아이들이 웃음을 터뜨리고 말았다. 그때까지 자신의 못다 한 숙제에 열중하고 있던 쪼그려 앉은 아이도 다른 아이들의 웃음소리에 무슨 일인지 관심을 갖기 시작했다.

"바보야, 우린 학원에 괴롭힘당하려고 가는 게 아니야. 공부를 하러 가지."

"시험? 얼마나 잘 버틸 수 있는지 괴롭히기 시합 같은 거니?"

쇼펜쥐의 허무맹랑한 물음에 한눈에 봐도 앙칼지게 생긴 빨간 점퍼의 여자아이가 차갑게 쏘아보며 아니라고 대꾸했다. 쇼펜쥐는 도대체 시험은 왜 보는 것인지 물었다.

"시험은 당연히 봐야지. 그래야 우리가 공부한 걸 점수로 받을 수 있잖아. 점수로 받아 보질 않으면 어떻게 공부했는지 안 했는지 판단할 수 있겠어?"

"시험을 잘 보면 뭐하는데?"

"그래야 돈을 많이 벌 수 있는 거야. 우리 엄마가 그랬는데 시험은 엄청나게 중요한 거라서 무조건 잘 보는 게 좋은 거랬어."

"그래 맞아. 나는 저번 시험에 낙제를 해서 오늘 재시험을 치러야 해. 나도 시험을 정말 잘 보고 싶어."

쪼그려 앉아 숙제를 하던 아이가 자리에서 일어서며 말을 거들었다. 그 아이는 오랫동안 쪼그려 앉은 탓에 다리에 피가 통하지 않았던 것인지 쥐가 나고 말았다.

"시험을 잘 봐야 나중에 좋은 직업을 얻을 수 있는 거야. 우리 엄마가 그러는데 시험을 못 보면 엄청 힘든 일을, 엄청 적은 돈 받고 일한댔어. 꿈을 이루려면 시험을 무지 잘 봐야 해."

이에 쇼펜쥐가 궁금함을 참을 수 없어 녀석들의 꿈이 뭔지 물었다.

"나는 판사가 될 거야."

"나는 부자."

"나도 부자."

나는 벚꽃을 보고 싶어. 아이들의 우격다짐 외침에 눈사람은 속삭이듯 대답했다. 그러자 아이들은 눈사람 곁에 모여들며 굉장히 신기한 말을 들은 것처럼 호기심을 갖기 시작했다.

"눈사람이 벚꽃을 보겠다고? 사람이 시체가 되고 싶다 말하는 거랑 뭐가 다르니."

그러다 박장대소가 터지고 말았다.

"바보야, 눈사람은 절대루 벚꽃을 볼 수 없어."

"그래 맞아. 벚꽃은 얼음이 녹는 계절에 피는 꽃이야. 그런데 너는 얼음이 없으면 어떻게 살 거니? 내가 만일 눈사람인데 너랑 똑같은 말을 했다면 우리 엄마 가슴이 무척 아팠을 거야."

아이들은 저마다 다른 웃음소리로 눈사람을 비웃기 시작했다. 특히나 마지막에 쏘아 붙인 덩치가 큰 아이는 가장 큰 웃음소리를 내며 비아냥거렸다. 한눈에 보아도 제일 나이가 많아 보이는 녀석이었는데 퉁퉁하니 살이 붙은 게 꼭 살덩이가 심술을 상징하는 것 같았다.

"특목고를 가기 위해선 너희 같은 애송이들이랑 놀아줄 시간이 없다. 너희는 꼭 말하는 게 문방구를 닮았거든."

눈사람과 쇼펜쥐는 녀석들의 말을 전혀 알아들을 수 없었지만 아이들은 저들끼리 문방구라는 말 한마디에 크게 공감하며 연신 고개를 끄덕이고 있었다.

"우리 동네에서 가장 성질 더럽고 멍청한 녀석이지. 너처럼 늘 말도 안 되는 소릴 해대는 녀석이야."

"이름이 특이한걸, 방구라구?"

"이 바보야. 세상에 그런 이름이 어디 있겠어? 문방구는 우리가 붙여준 별명이다. 나중에 꿈이 문방구 주인이다 해서 우리가 붙여준 별명이라구. 정말 멍청한 녀석이지."

키득키득 남 얘기를 비웃는 아이들의 모습이 어른처럼 느껴졌다.

"하찮은 놈이야 정말. 꿈이 겨우 문방구 주인이 뭐니? 적어도 대통령이나 5급 공무원 정도는 돼야 꿈이라고 할 수 있지."

"공무원이 뭔데?"

"야이 바보야. 넌 정말 공무원을 모르니?"

아이들의 사소한 버릇 중 하나는 무엇을 가르쳐 주든 간에 꼭 그 앞마디에 '바보'라는 말을 빼놓지 않는 것이었다. 녀석들은 남이 아는 것을 내가 모르면 바보라 여기는 것 같았다. 그래서 모른다는 것은 그들 세계에선 엄청난 수치심 내지 모멸감으로 다가올 것 같았다.

"도대체 너희들은 어디에서 살다 왔기에 그렇게 바보가 돼 버린 것이니?"

앙칼진 여자아이가 또다시 쏘아붙이며 눈사람에게 물었다. 눈사람이 자신은 언덕 위 오두막집에 산다 말하니 아이들이 하나같이 놀랐다.

"소문이 좋지 않은 부부가 사는 집 말이니?"

"그래, 우리 엄마가 그랬어. 언덕 위엔 절대루 올라가서 놀지 말라고. 거기엔 소문이 좋지 않은 부부가 사는 곳인데 우리들 교육에 좋지 않다고 말했거든."

이에 눈사람과 쇼펜쥐는 아니라고, 우리 주인 부부는 굉장히 따뜻한 분이시고 너희들이 다른 데를 착각하고 있는 거 같다고 말했지만 아이들은 무슨 소리냐며 언덕 위에 통나무집 짓고 사는 집은 그곳 하나뿐이라 선을 그어버렸다.

"그곳엔 소문이 정말 좋지 않은 부부가 살고 있다고 하는데 역시나 너희 같은 녀석들이 있는 걸 보니 들던 대로군."

덩치가 가장 큰 아이가 또다시 깐족거리며 약을 올렸다. 눈사람은 도대체 소문의 정체가 뭔지, 무슨 소문을 가지고 사람을 뒤에서 그렇게 욕하는지 물었다. 하지만 아이들은 끝끝내 소문의 실체에 대해선 한마디 해주지 않고 막연히 나쁜 소문이라고 몰아붙였다.

눈사람은 무척이나 속이 상했다. 자신의 유일한 꿈인 벚꽃을 보고 싶단 희망을 뭉개버린 것도 서운했지만 무엇보다 지금 자신이 가장 믿고 의지하는 주인 부부에 대해 험담을 늘어놓는 아이들의 철없음이 더욱 마음 아팠다.

"눈사람아 너무 서운해하지 마. 불쌍한 녀석들이야."

쇼펜쥐가 눈사람의 어깨를 다독이며 위로했다. 그러자 빨간 점퍼의 앙칼진 여자아이는 괘씸하다는 듯 얄미운 표정을 지으며 샐쭉댔다.

"불쌍한 건 너희들이지. 눈사람 따위가 어떻게 벚꽃을 보고 싶다고 하니? 너희들은 과학 시간마다 잠을 잤나 보구나."

"아니야 불쌍한 건 정말 너희들이야. 왜냐하면 너희들은 그렇게 치열하게 노력해봐야 결국엔 아빠 잘 만난 애들을 이길 수 없거든."

"뭐라구!"

"이건 정말 사실이야. 우리 철학자 아저씨가 그랬어. 사람 인생의 절반 이상은 낳아준 부모가 결정하는 것이라고. 너희들 인생 대부분은 사실 이미 결정되어 있대. 그렇게 부단히 노력하고 열심히 살아간다면 100만 원 벌 인생이 120만 원 벌 인생으로 바뀌는 정도겠지. 어쨌든 20만 원도 적은 돈은 아니니 늘 열심히 훌륭하게 살렴."

"앗쭈, 이 자식이!"

"그만둬!"

덩치 큰 아이가 쇼펜쥐를 두들기려 손을 뻗고 있던 찰나에 어디선가 용감한 목소리가 들려왔다. 사실 그 목소리는 용감하다 말하기엔 어딘지 모르게 떨리는 음색이 역력했다. 아이들뿐 아니라 쇼펜쥐와 눈사람도 목소리의 근원지에 눈이 쏠렸다. 그곳엔 똥색 옷차림에 노란색보다 더 싯누런 이를 가지고 있는 한 아이가 서 있었다. 한눈에 봐도 가난해 뵈는 그 아이는 죽을힘을 다해 용기를 짜내어 아이들을 대적하고 있었다.

"오호라- 문방구 아니야?"

덩치가 큰 아이는 약간은 멈칫한 기색이었다. 아무래도 평소 같잖게 여기던 녀석의 의외인 모습에 놀란 눈치였지만 내색하지 않으려 애쓰는 듯싶었다.

쪼다 같은 새끼. 쪼그려 앉았던 아이는 문방구를 보더니 별거 아니라는 듯 혼자 중얼거렸다. 아마 평소였다면 그 목소리가 훨씬 더 커 문방구의 귀에 박혔겠지만 지금은 목소리가 한 톤 작아져 개미 코딱지만 하게 들렸다.

"제법 귀여운데?"

"그만두라고!"

계속하여 아무렇지 않은 척하는 덩치 큰 아이에게 문방구는 다시 한 번 더 미친 듯 큰소리를 질렀다. 문방구가 두 번째로 소리를 외쳤을 때엔 사방이 고요했다. 쪼그려 앉았던 아이도 더 이상 무어라 말하지 못했다.

때마침 학원 차가 도착했고 아이들은 일언반구 인사 한마디 없이 노란 봉고차에 올랐다. 연식이 꽤 되어 낡아 보이는 그 봉고차는 세상 모든 슬픔을 떠안고 있는 듯 보였다. 아까 전 쪼그려 앉았던 아이는 자신의 숙제를 다 마치지 못했다고 불평을 늘어놓으며 쇼펜쥐와 눈사람을 한 번쯤 쏘아 보고 차에 올랐다.

김 피디의 추적

김 피디는 정확히 오늘까지 꼬박 3일 밤을 지새웠다. 능구렁이를 닮은 국장의 불호령에 그 또한 일하는 시늉을 내비치고 있었지만 도무지 말하는 눈사람의 행방을 찾기가 쉽지 않았다. 입사 4년 차의 김 피디는 신입이라 말하기엔 자존심이 상했고 경력이 있다 하기엔 부끄러운 아주 어중간한 직책에 놓여 있었다. 회사로 치자면 대리 정도 되는 자리를 맡고 있었다.

도대체 뭘 어떻게 찾으라는 거야? 신경질적으로 내던진 카피들이 고속도로 휴게소 여기저기에 흩어져 버렸다. 그러다가 또 혹여 누가 그것들을 주워갈까 봐, 냉큼 다시 카피들을 주우며 처량한 자신의 신세를 다시 한 번 되새김하고 있었다.

사내에 이렇게 불만이 많은 건 김 피디뿐만이 아니었다. 입사 동기들부터 터울 차이 꽤 나는 신입, 선배 피디들까지 말하는 눈사람의 행방을 좇다 저승길에서 동호회라도 할 모양이었다.

눈사람이니 추운 지역인 북쪽 나라를 조사하면 어떨까요. 막연한 말이었지만 지금 내릴 수 있는 가장 근사한 정답이었다. 하여 결국엔 몇몇이 팀을 나누어 이 나라 최북단 지역을 샅샅이 뒤지기로 결정 내렸다.

머리 좋은 피디들은 여섯 교대로 팀을 나누어 한 팀은 사무실에 앉아 제보받는 역할을 맡았고 나머지 다섯 팀들은 최북단 지역으로 가 수소문하는 역할을 맡았다. 교대는 24시간으로 이루어졌으니 출장을 나서게 되면 꼬박 5일을 나돌아야 했다.

그중 오늘까지 3일을 채운 김 피디는 하루빨리 이틀이 더 흘러 얼른 회사로 가고 싶은 마음이 굴뚝같았다. 아무도 얘기를 꺼내진 않았지만 그들에게 제보받는 역할은 일종의 쉬는 날과 같은 의미였기 때문이다.

가장 유력한 후보군으로 다섯 곳이 선정되었다. 그중 세 곳은 동북 이면의 제법 큰 도시였고 다른 두 곳은 서북 변두리의 작은 마을 두 곳이었다. 각각 인터넷에서 떠도는 동영상이 올라온 시간을 거슬러 오르다 보니 가장 오래된 시간이 그 다섯 곳임을 알게 되었던 것이다.

지리적으로 먼 탓에, 그 두 곳 중 어느 한 곳만이 눈사람이 출현한 시발점이라 판단한 피디들은 다시 팀을 나누어 각각의 위치를 탐방하기로 했다. 처음 시작했을 때보단 엄청난 발전이었다.

김 피디는 말하는 눈사람을 찾아 떠나며 다시 한 번 더 이 세상엔 참 정신 나간 사람들이 많음을 여실히 느끼고 있었다. 오늘로써 세 번째 제보자를 만나는 김 피디는 불안함, 미심쩍음 등의 감정을 동시에 느끼고 있었다.

그의 첫 번째 제보자는 동쪽 지역의 눈도 오지 않는 이상한 마을이었다. 당시 방송국에 연락을 주었던 사람은 초등학생 정도로 가늠되는 한 아이였다. 말하는 눈사람을 발견했어요. 서두르세요. 눈사람이 녹아내리고 있어요!

전화를 받은 박 작가가 그 말이 사실인지, 정말 눈사람이 사람처럼 말을 하던지 다그치듯 물었다. 그 소리에 사무실은 초긴장 상태가 되었다. 목소리에 아직 어린 티가 묻어 나왔기에 박 작가는 그것이 장난 전화일 수도 있단 판단이 들어 재차 확인하려 했다.

"알겠어요. 얼음은 저희 쪽에서 준비할 겁니다. 되도록 서늘한 곳이나 냉장고 안에 들어가 보도록 해요. 절대로, 절대 따뜻한 곳이나 바람이 통하지 않는 곳엔 가지 마요. 그쪽 주소가 어떻게 되나요?"

아이들 목소리 자체에 신뢰가 반감되어 긴가민가했던 피디들이었지만 애초에 자신들이 찾는 것이 말하는 눈사람이란 사실을 떠올리자 지금 이 순간 그 무엇도 정상적인 것은 없으리라 하는 판단이 들었다. 그리하여 김 피디는 서둘러 장비를 챙겼고 사전 조사 겸 선발대로 먼저 길을 떠났다.

양손 무겁게 푸짐한 얼음과 드라이아이스를 짊어지고 방문했던 김 피디는 아이들의 천진난만하게 웃는 표정을 한 대 후려치고 싶었다. 그곳에는 말하는 눈사람 대신 하얀 스티로폼으로 치장한 한 아이와 그를 둘러싼 개구쟁이 아이들이 있었다.

스티로폼을 둘러싼 키 작은 한 녀석이 눈사람을 자처하며 녹아내리는 모습을 연출하고 있었다. 아이들은 그때까지도 김 피디의 기분이 좋은 줄 알았다.

"이것 보세요. 우리가 만든 말하는 눈사람이에요."

허탈한 기분에 김 피디는 화를 낼 기운조차 없음을 느꼈다.

"그러니? 근데 어째 눈사람이 사람 새끼 같지?"

"아니에요. 잘 보세요. 이건 눈사람이에요."

스티로폼 눈사람은 자신의 존재를 의심하는 김 피디에게 인사까지 건네며 그를 환영했다. 급기야 산타클로스가 자신과 아주 먼 친척이라는 소개도 덧붙였다.

"그러니? 근데 왜 내 눈엔 사람 새끼가 스티로폼을 뒤집어쓴 것 같을까?"

김 피디의 한 마디 한 마디에 점점 감정이 실렸다. 그리고 아이들도 서서히 분위기가 심상치 않음을 느꼈다. 결국 주동자 격인 한 아이의 '튀어!' 소리와 함께 무리가 흩어지기 시작했지만 스티로폼 눈사람이 몇 걸음 못 가 자빠지고 말아 김 피디에게 목덜미를 잡혔다. 사건을 도모했던 철부지들은 학교로 끌려가 눈물 콧물 쏙 빠지게 혼나며 일이 마무리되었고 모든 해프닝이 끝날 무렵 그가 들고 온 드라이아이스는 허망하게 녹아 있었다.

그래도 먼젓번의 그 아이들은 순수한 편에 속했다.

그의 두 번째 제보자는 뚱뚱한 목소리를 가진 중년의 여인이었다. 그녀는 목소리에 어울리게도 뚱뚱한 체형에 유난히 청승맞은 티를 내는 전형적인 아줌마였다. 이전에 한 번 모자란 아이들에게 크게 당하고 난 뒤라 김 피디는 이번에도 별 기대하지 않고 자리로 나섰다.

커피숍에서 그녀를 처음 만났을 때, 김 피디는 다시 한 번 더 이 세상은 미친 사람들이 참으로 많다는 것을 깨달았다. 그녀는 자신을 똑 닮은 뚱뚱한 남자아이를 대동하여 자리에 참석했다.

혹시- 말하는 눈사람을 제보하신? 말이 끝나기가 무섭게 뚱뚱한 아줌마는 호들갑을 떨며 김 피디를 반겼는데 2:8의 가르마를 가진 뚱뚱한 소년은 우두커니 자리에 앉아 있었다. 어렵게 표현하면 사회화가 덜 된 소년이었고 속되게 표현하면 몹시도 버릇없는 녀석이었다. 어머- 선생님이 방송국 피디님이신가요? 호들갑을 떠는 아줌마는 엉뚱한 대화를 이끌어가며 계속하여 대화를 주도하려 애썼다.

"말하는 눈사람을 보셨다고요? 정말 존재하던가요? 눈사람 몸속에 이상한 장치나 녹음된 테이프는 없었고요?"

"네, 물론이죠. 하지만 그전에 말이죠."

뚱뚱한 아줌마는 교묘히 말끝을 흐리며 다른 말을 시작했다.

"피디님 근데 말이에요. 사실 일전에 저희 아이를 연기 수업하는 곳에 데리고 간 적이 있었어요."

뚱뚱한 아줌마는 앞에 있던 커피를 홀짝 들이켜며 무언가 대단한 말을 꼭 꺼내어야 할 사람처럼 뜸을 들이고 있었다.

"그런데 연기를 지도하던 선생님이 어찌나 놀라던지 원. 무슨 이 아이더러 방송국에 데려가 보라나 뭐라나 허- 참 웃기지도 않죠? 하이구- 그래서 제가 지도 선생님에게 얘한테 너무 이상한 희망 같은 거 주시지 말라고 얼마나 신신당부 드렸는데 글쎄, 그분이 꼭 이 아이를 방송국 관계자에게 보여주어야 한다는 거 있죠?"

"하지만 저는 말하는 눈사람을 보셨다고 해서……."

"아무렴요. 아무렴 어떻습니까? 눈사람이 말을 하든 말을 타든 그게 뭐 그리 대수겠어요. 말은 우리 아이도 잘한답니다. 그러니 혹시 괜찮으시다면 이 아이와 함께……."

얘기를 이쯤 하다 보니 아이 엄마의 속내가 확연히 눈에 보였다. 그때 김 피디는 앞에 있던 뜨거운 커피를 이 여자에게 쏟으면 살타는 냄새가 날까 삼겹살 굽는 냄새가 날까 하는 약간은 어려운 질문이 떠올라 속으로 웃음이 새어 나왔다.

"아무래도 제가 잘못 온 것 같습니다. 저는 이만."

김 피디가 최대한 자신 안에서 커져만 가는 괴물을 억누르며 정중하게 자리를 일어나려 했다. 그러자 뚱뚱한 아줌마는 자신에게 조금만 더 시간을 줄 것을 요구했다.

"그러면요. 이렇게 하죠. 피디님께서는 말하는 눈사람을 찾고 계시죠? 제 아는 지인 중에 말하는 눈사람과 꽤-나 긴밀한 관계에 있는 한 사람이 있습니다."

그 말이 진짜냐고 물었지만 사실 김 피디도 이미 마음의 반절 이상은 '속는 셈 치자고' 다짐했다. 정말이지 지푸라기라도 잡는 심정으로 또 속아 넘어갈 수밖에 없었다. 아닐 걸 알지만 혹시나 하는 마음에 건강식품을 사는 노인처럼.

"그럼요. 여기서 잠시만 기다려 주시죠. 제가 그분을 얼른 이 자리로 모셔 올게요. 영철아 여기 계신 피디님 말 잘 듣고-"

"저기요 왜 아이는?"

뚱뚱한 아줌마는 이미 일어서 자리를 떠나고 있었다. 커피숍 안엔 많은 사람들이 있었지만 그중 김 피디와 2:8 머리 가르마 진 뚱뚱한 소년이 가장 어색해 보였다. 사회화가 덜 된 아이는 오히려 뾰로통한 표정으로 김 피디를 힐끔 볼 뿐 별다른 관심을 두지 않았다. 물론 사정은 이쪽 또한 마찬가지였다. 너무나 빤히 드러난 속내에 또다시 속수무책 당하는 자신이 한심스럽기까지 했다. 이 모든 사건의 원흉엔 말하는 눈사람이 있었으리라.

엄마가 시켰니? 결국 죽기보다 싫었지만 말을 먼저 붙인 건 김 피디였다. 따지고 보아도 아이는 별다른 잘못이 없어 보였다. 표정으로 추측건대 아이 또한 도살장에 끌려가는 소처럼, 가고 싶지 않은 자리에 억지로 함께했을 것이다. 힘없이 고개를 끄덕이던 아이는 대답할 때에도 눈도 마주치지 않았다.

고개를 끄덕이며 하는 대답은 상당히 직설적이었다. 아무래도 녀석은 김 피디 그 이상으로 이 자리가 내키지 않는 모양이었다. 상황이 이쯤 되자 김 피디는 오히려 아이에게 미안한 감정이 들었다. 그 미안함 속엔 어른이 가져야 하는 마땅한 책임감 같은 그 무엇이 동반했다. 혹시 내게 뭐라도 보여줄 것이 있니? 어지간히 귀찮았던 녀석은 김 피디의 말에 아무런 성의도 없이 자리에서 일어났다.

"배가 고픈 아이를 표현해 볼게요."

아이의 배고픈 연기는 탁월했다. 타고난 신체 조건 탓인지 몰라도 녀석의 연기는 흠잡을 곳 하나 없이 완벽에 가까웠다. 호빵을 사 달라 말하던 아이의 눈 주위엔 절실함이 묻어 나왔다. 주린 배를 쥐어뜯던 아이의 손동작은 전쟁고아를 연상케 했을 정도였다. 커피숍 안의 모든 시선은 갑작스레 조성된 오디션 현장에 주목되었다. 하지만 뚱뚱한 아이는 일말의 주눅도 들지 않았고 열심히 자신의 임무를 수행해 내었다. 아주 짧은 시간이었지만 김 피디의 표정엔 작은 감탄이 새어 나오고 말았다.

"그만하면 됐구나. 혹시 다른 걸 보여 줄 수 있니?"

연기가 끝난 아이의 표정은 다시 이전처럼 세상 모든 귀찮음을 떠안고 있었다. 역시 사회화가 덜 된 것보단 버릇없다는 말이 더 어울렸다.

"이번엔 배가 부른 아이를 보여줄 수 있니? 행복한 아이 말이야. 사람은 이 세상 아무 가진 거 없어도 배부른 동물일 때 행복한 법이란다."

뚱뚱한 아이는 그건 어렵겠다며, 자신은 이때껏 한 번도 그런 감정을 느껴 본 적이 없다고 거절했다. 그 말은 어째 꽤 정중하게 들렸다. 배부른 감정을 느껴 보지 못했니? 김 피디의 시선이 다시 아이의 체격을 향했다. 어쩌면 이 아이는 그래 봤을 수도 있을 것이란 생각이 들었다.

"아니요. 행복하단 감정이요. 우리 아빠가 그러는데 사람은 절대로 지금 이 순간에 행복을 느끼면 안 된다고 했어요."

아이의 대답은 대단히 철학적이었다. 아마 그에게 그런 가르침을 준 부모는 칸트나 니체쯤 돼 보이는 인물일 것 같았다. 생각보다 어려운 대답에 김 피디는 그 이유를 물었다.

"사람은 절대로 지금 이 순간에 행복해하지 말고 보다 나은 미래를 꿈꿔야 한다고 했어요. 그래서 저는 지금 한 번도 행복해할 수 없는 벌을 받고 있는 중이에요. 저는 나중에 아주 멋진 직업을 갖기 위해 해야 할 일들이 수두룩해요. 오늘도 여기엘 오느라 영어 학원과 수학 학원 그리고 연기 수업까지 빼먹게 됐어요."

"그러면 오히려 내게 고마워야 하지 않니?"

"대신에 이번 주 일요일에 보충을 가야 해요. 일주일에 단 한 번 쉬는 일요일에도 학원을 가야 해요."

아이의 말을 빌리자면 아이는 이번 주에 쉴 수 있는 유일한 황금 휴일을 미리 당겨 쓰고 있는 셈이었다. 오늘과 일요일을 바꿨지만, 바꾼 일요일에도 지루한 남자와 지루한 이야기를 나눌 수밖에 없는 이 현실이 너무 싫은 모양이었다. 김 피디는 아이가 왜 자기 자신에게 그렇게 까칠했는지 덜컥 이해가 돼 버리고 말았다. 그 또한 지금 이 자리에 있기까지, 유년 시절부터 겪어왔던 많은 고난을 떠올리면서 머리가 아찔해져 왔다. 사과를 해야 할 것만 같아 해버리고 말았다. 하지만 아이의 표정은 마냥 차갑게 굳어 있었다.

서북 변두리 마을로 올라가던 김 피디는 문득 그때의 뚱뚱한 소년이 떠올라 입맛이 씁쓸해지고 있었다. 지금 이 순간을 행복해할 수 없는 벌에 처해진, 먼 미래에까지 행복을 유예할 수밖에 없는 아이의 잔상이 뇌리에 너무나 똑똑히 박혀 입가에 쓴 침이 고였기 때문이다.

이번 제보자 또한 딱히 믿을 만한 사람은 아니었다. 이번 제보자는 자신이 말하는 눈사람을 발견한 최초의 목격자임을 자처한, 기괴한 상상력을 가진 한 남자아이였다. 물론 이전번의 제보자보단 꽤 뚜렷한 증거를 들이밀고 있었지만 무엇보다 아이라는 점이 마음에 크게 걸렸다.

내 꿈은 문방구 주인

청량한 하늘에 완연한 구름이 다소곳이 그 무릎 위에 앉았다. 뭉툭한 구름들이 서로 편을 갈라 어디론가 향하고 있었다. 오두막집에서 한참 멀리 떨어진 곳에선 쇠 가는 소리가 아귀를 맞물리며 긴장감 있게 흘렀다.

겹중날의 전기톱으로 주인아저씨는 나무를 베고 있었다. 아저씨가 사용하는 전기톱은 이중날로 되어 있었는데 하나는 가장톱으로 크기가 큼직하여 큰 나무의 허리를 자르는 역할을 했다. 가장톱 바로 위엔 작게 생긴 보조톱이 있었는데 잔가지들이나 미처 베지 못한 나무 중심의 살집을 잘게 으깨며 나무판이 고르고 평평하게 잘리게 만들었다.

벌목꾼인 주인아저씨는 그 일을 참 즐겼다. 보통 나무 베는 일은 너무 이르거나 너무 늦은 시간에 할 수 없는 일이었다. 사납게 돌아가는 전기톱은 귀가 찢어질 듯 비명을 질러댔기 때문에 눈치를 살피지 않는다면 주변 이웃들에게 원성을 사기 딱 알맞았다.

그래서 아저씨는 어쩔 수 없이 남들 다 깰 만한 시간에 일을 시작해야 했고, 남들이 쉬고 싶어 할 만할 때쯤에 일과를 마쳐야 했다. 그러니 남들보다 일하는 시간이 월등히 적었고 남는 시간엔 재주껏 거래처를 찾았다.

적적한 외로움을 달래기라도 하듯 아저씨는 사나운 전기톱을 갈면서 70~80년대풍의 대중가요를 틀어 놓았다. 사실 톱 가는 소린 적잖이 거슬리는 소리라 막상 열중할 적엔 음악이든 뭐든 귀에 들어오는 것이 없었지만, 아주 잠시 톱질을 멈출 때마다 잔잔히 들려오는 음악이 큰 위로가 되었기 때문이다.

아저씨의 주 거래처는 가까운 제지회사나 가구 목공소들이었는데 그들은 목요일마다 물건을 수거해갔다. 보통 나무 숨을 죽이는 시간이 3~4일 정도 걸리니 목요일에 사들인 목재를 숙성실에 옮겨 숨을 죽이다 월요일쯤엔 종이로 만드는 작업을 했다. 그들은 간혹 규격이나 제품 상태의 하자를 들어 값을 깎을 때가 더러 있었는데 아저씨는 그럴 적마다 그러려니 넘기며 남는 나무들을 모아 장작을 팼다. 그리고 그 장작들은 고스란히 집에 있는 화롯가로 옮겨졌다. 쇼펜쥐는 그 사소한 몸으로 육중한 장작들을 집에 옮겼다. 그래 봐야 집안 공기를 1도 정도도 채 못 올리는 양이었지만 생색은 이 우주 전체를 데워줄 것처럼 굴었다.

오후 한 시가 되자 집 안에 있던 주인아줌마가 도시락을 싸주었다. 두꺼운 주먹밥 두 뭉치와 쇼펜쥐가 먹을 비린 생선머리가 담겨 있었다. 물론 다른 도시락엔 눈사람이 좋아할 만한 얼음 두 덩이도 빼놓지 않았다. 도시락 안에선 주먹밥 뭉치에서 흘러나오는 참기름 구수한 냄새와 비릿한 생선 냄새가 뒤엉켜 말로 형용할 수 없는 냄새를 풍겼다.

왔던 길을 거슬러 올라가는데 저 멀리서 주인아저씨와 나이 지긋한 할아버지가 얘기를 나누고 있었다. 나이 지긋한 할아버지는 파란색 제복을 입고 있었는데 퍽 거만한 투로 뒷짐 지고 무언가 지시하고 있었다.

이윽고 주인아저씨가 산에서 내려왔다. 그는 그날 일할 모든 장비들을 챙기며 텁텁하게 발걸음을 옮기고 있었다. 아직 일할 시간이 한참인데 아저씨가 짐을 챙기니 눈사람과 쇼펜쥐는 무슨 일이 벌어진 건가 의아해했다. 왜 벌써 내려가세요? 아직 여섯 시가 되려면 한참 남았는데요? 눈사람이 먼저 물었다.

"아무래도 오늘은 더 이상 일을 못 할 것 같다. 학생들 시험이 있는 날이라 하는구나. 지금부터 듣기 평가가 있다는데 통사정을 해대니 원-"

사실 나이 지긋한 할아버지는 주인아저씨에게 별로 사정하는 듯싶진 않았다. 시종일관 자신이 마치 너무 당연한 부탁을 하는 것처럼 보였는데 주인아저씨는 자기 좋은 대로 이해해버리며 말했다.

눈사람은 시험이란 단어에 반사적으로 특목고를 준비하던 아이들이 떠올랐다. 지금쯤 한참 땀을 빼며 어른들이 만든 버티기 시합을 치를 아이들을 떠올리니 어쩐지 마음 한구석이 짠해졌다.

마을의 아침은 늘 분주한 자명종 소리의 악 지르기로 시작하니 좀

처럼 기분 좋게 아침을 맞는 일이 드물다. 비단 마을뿐 아니라 삶을 살아가는 우리라면 누구든, 더 끔찍하게 들릴 내일의 자명종 소리를 기다리며 고된 하루를 보낸다.

다음 날 아침이 되어서야 아저씨는 마음 놓고 다시 본업에 종사할 수 있었다. 어제만큼 산뜻한 날씨는 아니었지만 어제 채워 놓지 못한 할당량 탓에 게으름을 피울 순 없었다. 평소보다 일찍 일어난 아저씨는 벌목장 근처를 둘러보며 쓸 만한 나무를 눈에 익혀두었다. 그리곤 세상이 시끌벅적해지기를 기다렸다.

참새가 벌레를 찾으러 다닐 때쯤 학교에 다니는 아이들은 무거운 눈꺼풀을 이기며 잠에서 깨어났다. 몇몇 아이들은 학교와 제집 사이의 거리를 계산하며 찰나의 시간이라도 더 게으름을 피우고 싶어 했다. 그것들은 대개 오 분만으로 시작하여 마지막엔 몇 초 단위까지 쪼개어지곤 했는데, 시간이 줄어들 적마다 자신들이 양보할 수 있는 것들이 기가 막히게 잘 떠올랐다. 5분만……. 머리를 안 감으면 되잖아? 1분만……. 뛰어가면 되겠지? 잠깐만……. 혹시 일요일 아냐?

하지만 예외도 있었다. 그중에 어떤 아이들은 지각하거나 말거나 담임선생님의 쓴소리도 별 개의치 않는 아이들도 더러 있었다. 이 동네에서 가장 대표적인 아이론 문방구가 있었는데, 담임선생님도 녀석의 지각을 이젠 별 개의치 않아 했다.

사실 악명 높기론 이 동네에 그 녀석만 한 아이가 없었다. 때론 초등학생이 친 장난이라곤 도저히 믿기지 않을 만큼 몹쓸 장난도 많이 부렸는데 그중 단연 최고는 장난전화였다.

문방구의 집에 유일한 책은 체신부에서 무료로 배포한 전화번호부가 있었다. 실은 그것도 집집마다 배포한 것이 아니고 낡고 허름한 동네 어귀의 공중전화 부스에서 훔쳐온 것이었다.

소도둑도 처음엔 바늘부터 훔쳤듯이 녀석의 광기는 으레 그 나이 또래가 부릴 만한 장난 정도에서부터 시작됐다.

"여보세요? 거기 귀뚜라미 보일런가요? 여긴 메뚜긴데요……."

문방구는 수화기 너머 오만상을 찌푸리고 있을 상담원의 표정을 상상하니 그것이 퍽 우스운 모양이었다. 배를 잡고 땅바닥을 구르며 흥분을 주체할 수 없었다. 처음엔 그저 기분 나쁘고 말아버릴 정도의 장난이었지만 이는 점차 걷잡을 수 없는 일처럼 되어버리기도 하였다.

그중 한 번은 여자가 남자에게 초콜릿을 주는 날에 생긴 일이다. 서로 겉으론 내색 안 했지만 주변 친구들은 하나같이 기대감에 부풀어 있었다. 하지만 이쪽 세계에서도 어김없이 빈익빈 부익부 현상은 있기 마련이다. 인기 없는 아이들은 설탕 한 조각도 못 받는 것이 다반사였지만 야무지고 외모도 멀끔한 부잣집 반장 녀석은 손에 다 들고 가기에도 힘들 만큼 많은 양의 초콜릿을 선물받았다.

그날 아침부터 반 여자아이들은 옹기종기 모여 서로 부끄러워하고, 용기를 북돋워 주면서 '어떡해, 어떡해'를 연발하고 있었다. 아무래도 자신 혼자 반장에게 다가갈 용기가 없으니 여자들끼리 함께 모여서 가면 그 부끄러움이 덜할 것이라 판단했던 모양이었다.

여자아이들은 그렇게 모여 한참이나 뜸을 들이더니 첫 수업 시작하기 10분 전에 우르르 몰려가 자신들이 준비한 선물을 한 움큼씩 내밀었다. 파란 초콜릿, 빨간 초콜릿. 심지어 어떤 아이는 자신의 큰언니가 준비한 알코올이 든 초콜릿까지 슬쩍하여 그것을 자랑스럽게 내보이기까지 했다.

그러면 반장은 그것들을 어느 정도 예상하고 있었으면서도 점잔 빼며 '고마워, 오늘이 밸런타인데이구나…….' 하고 말끝을 흐렸지만 너무 당연하다는 듯 얄밉게 행동했다. 어떤 초콜릿은 직접 손에 쥐여 주기도 하고, 또 어떤 초콜릿은 책상에 슬쩍 올려놓고 잽싸게 뒤로 도망가기도 하면서 또 그러다가 마치 방금 생각났다는 듯이 새침한 말투로 나두 너한테 초콜릿을 줬으니 너두 나한테 사탕을 줘야 한다는 말을 꼭 잊지 않았다. 물론 반장 녀석의 답례품이 더욱 후하다는 걸 모두가 알았기에 그것은 공연히 한마디라도 더 붙여볼 여자아이들의 괜한 투정에 지나지 않았다.

하지만 서글프게도 문방구는 반장의 짝꿍이었다. 담임선생님은 늘 반에서 가장 문제가 되는 아이와 가장 모범적인 아이를 짝 붙여 놓았는데 사실 그가 의도한 교육 방침은 어른들만 보기 좋았지 아이들에겐 썩 불편한 일이었다.

문제는 4교시 수업시간이 끝나고 급식시간이 되었을 때 일어났다. 평소 늘 차분했던 반장 녀석이 고래고래 소리 지르며 악을 쓰기 시작했는데 그 싸움의 처음 시작은 아주 사소한 말다툼에 지나지 않았다.

"어-쭈 야, 이것 좀 보시지?"

문방구는 반장과 자신 사이에 그어진 하얀색 금을 가리키며 아주 사소하게 넘어온 초콜릿 덩이들을 손짓하고 있었다.

"어랏, 미안."

"어랏, 미안? 내놔. 금 넘어왔잖아."

그러더니 문방구는 반장의 귀중한 초콜릿을 강탈해 버렸다. 반장 녀석은 이런 법이 어디 있느냐고 다시 돌려달라 덤벼들었다.

"이게 네 거라구? 금을 넘어왔으면 이젠 내 거지. 왜 금을 넘어와. 초콜릿을 나에게 선물하고 싶었나 보지?"

문방구는 말을 살살 비꼬며 약 올리듯 비아냥거렸다. 반장 녀석은 얼굴이 시뻘게지더니 금방이라도 울음을 터트릴 듯 거친 숨소리를 내고 있었다. 하지만 여기서 물러설 문방구도 아니었다. 반장 녀석은 조그만 체구에 싸움할 때 가장 불리한 안경까지 쓰고 있었기 때문에 한 판 붙는대도 먼저 코피를 터트려 놓을 자신이 충분했기 때문이다.

"그럼 어디 한 번 가져가 봐."

문방구는 반장 녀석을 놀리기라도 하듯 까치발을 올리고 오른손을 최대한 높이 들며 반장 녀석이 도저히 닿기 힘든 거리에 초콜릿을 들어 올렸다. 이에 분이 난 반장이 씩씩-거리며 달려들었지만 키가 작은 녀석은 도무지 손이 닿지 않았다.

그래서 어지간히 약이 올랐던 탓에 문방구의 귀에 대고 큰 소리를 질러버렸다. 녀석이 할 수 있는 최고의 저항이었다. 순간 욱한 문방구는 반장 녀석을 있는 힘껏 뒤로 밀어버리며 예상대로 녀석을 쉽게 제압했다.

반장은 뒤로 한참이나 밀려나갔다. 그러면서 책상 몇 개가 바닥에 나뒹굴고 의자는 떠밀리며 교실은 순식간에 아수라장이 되고 말았다. 그때까지만 해도 뒷자리에서 별 관심을 두지 않았던 아이들의 이목도 집중되기 시작했다. 그중 발 빠른 아이 하나는 냉큼 교무실로 달려갔다.

뒤로 엎어진 반장은 너무나 억울하고 분했다. 게다가 축 늘어진 나무늘보처럼 엎어져 있는 자신을 다른 아이들이 다 보고 있다 생각하니 몹시 자존심이 상했다. 결국 녀석은 울음을 터트리고 말았다.

만일 보통 아이들이라면 그 정도의 상황에서 자신의 기세를 조금 누그러트리거나, 뒷일을 생각하여 우는 친구를 달래기 마련이다. 하지만 문방구는 보통의 아이가 아니었다. 어느새 자신의 지독한 아버지를 닮아버려서, 울고 있는 반장 녀석에게 더욱더 고래고래 소리를 질러대며 극성 사납게 덤벼들었다.

"어쩌라고! 울면 다야? 꼬추도 없는 새끼."

이런 게 문방구의 방식이었는데 어지간히 맷집 좋은 아이가 아니라면 늘 문방구의 방식이 통했다. 자신의 울음소리보다 더 큰 문방구의 괴성에 반장 녀석은 놀라 입을 다물었으니 울음소리는 얼마 지나지 않아 그치고 말았다.

주위가 잠잠해지니 문제는 다른 곳에서 또 터졌다. 문방구의 손에 들려 있던 초콜릿은 같은 반인 앙칼진 여자아이의 초콜릿이었다. 이를 확인한 앙칼진 여자아이가 달려들기 시작했다. 그건 자신의 것이라고 얼른 돌려 달라며 반장 녀석의 편을 들고 나섰다.

"그게 어째서? 이 초콜릿은 금을 넘어왔으니 이제 내 거야."

"왜 꼭 내 거여야 해? 다른 걸 가져가면 되잖아?"

앙칼진 여자아이도 별로 남을 배려하는 아이는 아니었다. 여자아이는 서둘러 반장의 책상으로 달려가더니 주섬주섬 가방을 뒤져 그중 가장 크고 우람한 초콜릿 상자를 꺼내 들었다.

"이걸 가져가면 되지. 얼른 내 건 돌려줘. 오천 원짜리란 말야."

가장 크고 우람한 초콜릿 상자를 문방구에게 서둘러 건네며 자신의 것을 되찾아왔다. 물론 당사자가 가만있을 리 없었다. 또다시 교실이 아수라장이 되기 시작했는데 문방구가 쥐고 있는 전리품을 손쉽게 찾아갈 순 없었다. 성난 폭군을 잠재우려면 그보다 더 큰 전리품을 쥐여줘야 했다.

가장 큰 초콜릿 상자를 선물한 여자아이는 반장 녀석의 짐들을 뒤적이더니 그보다 더 큰 건 없다고 판단을 내렸다. 그래서 그 아이는 두 손에 한 움큼 쥐며 다른 초콜릿 여러 덩이들을 문방구에게 쥐여 주었다. 선물을 한데 합치니 자연히 가장 큰 선물이 되었고 이는 또 다른 아이들이 참전하게 되는 계기가 되었다. 선물이 점차적으로 커지긴 했지만 문방구는 지금 자신이 웃어야 할지 울어야 할지 분간이 가질 않았다.

"됐어. 이딴 거 필요 없어. 나는 원래 내가 가지고 갔던 초콜릿을 가져갈 거야."

이 한마디에 앙칼진 여자아이의 표정이 사색이 되었다.

"그딴 게 어디 있어. 왜 하필 내 거야. 다른 것도 좋은 게 많잖아."

"아니- 필요 없어. 내 책상을 넘어온 건 네 초콜릿이야."

그렇게 말하더니 냉큼 여자아이 손에 들려 있던 초콜릿을 빼앗아 버렸다.

"돌려줘! 남의 걸 왜 빼앗아. 먹고 싶음 돈 주고 사 먹으면 되지, 왜 남의 걸 훔치냐고!"

"어쩌라고, 난 돈 없어. 돈은 없지만 먹고 싶은 걸 어떡해. 내놔!"

이 거지 같은 새끼……. 순간 교실의 분위기가 급속도로 차가워졌다. 다들 어린 나이였음에도 그것이 문방구에겐 엄청난 모욕이란 걸 모두가 알았기 때문이다. 물론 거지라는 놀림은 흔한 말이다. 간혹가다 주변에 친구들이 땅에 떨어진 과자를 먹는다거나 지나치게 인색하게 굴면 아이들도 별 뜻 없이 거지라는 말을 잘 내뱉곤 했다.

하지만 이를 듣는 아이도, 내뱉은 아이도 거리낌 없이 놀릴 수 있는 건 그것이 결코 사실이 아니었기 때문이다. 만일 진짜로 가난한 아이에게 거지라고 말하는 건 경우가 다른 문제다. 그것은 더 이상 친근한 장난이 아닌 모욕일 테니깐.

독이 오를 대로 오른 문방구는 들고 있던 초콜릿을 앙칼진 여자아이의 얼굴에 집어 던져 버렸다. 초콜릿을 뒤집어쓴 여자아이가 대성통곡했음은 말할 필요도 없을 것이다. 하지만 한번 울음을 터트린 여자아이는 반장 녀석처럼 쉽게 그치지 않았다. 아무리 문방구가 더욱 윽박질러 봐도 그보다 더 큰 소리로 악을 쓸 뿐 조금도 움츠러들지 않았다.

결국 밸런타인데이 사건은 교무실에 있던 담임선생님이 올라오고 나서야 쉽게 종결되었다. 기세등등하게 호령하던 문방구도 그의 담임선생님을 대적하진 못하여서 뺨을 서너 대쯤 맞고 자존심 굽히며 짝꿍인 반장 녀석과 앙칼진 여자아이에게 먼저 사과를 해야만 했다. 문방구는 자신의 잘못을 전혀 몰랐다. 약속대로 금을 넘어왔으니 초콜릿은 자기 것이 된 것이고 이를 감안하면 도둑놈은 반장 녀석이지 결코 자신이 아니었기 때문이다. 또 자신더러 거지새끼라 말한 건 여자아인데 울지 않고 있단 이유로 자신만 피해자가 되었으니 속이 터질 노릇이었다. 억울하고 분했지만 키나 덩치로 보아 자신이 담임선생님을 이길 수 있을 것 같진 않았고, 그렇다고 참자니 아무리 삭혀 보려 해도 분한 마음은 가시질 않았다. 그래서 그 날은 그렇게 미련하게 사전 준비 하나 없이 일을 벌이고 말았다.

학교가 끝난 뒤, 저녁 식사 시간이 되었을 쯤. 앙칼진 여자아이의 집엔 난데없이 피자 다섯 판이 배달되었다. 그리고 시킨 적 없다는 아이의 엄마와 돈을 지불하라는 배달원의 실랑이가 한참이나 벌어졌다. 학교엔 담임선생님의 이름으로 열 판이 배달되었는데 종류도 가장 비싼, 치즈를 곁들인 피자였다.

뒷감당을 모르는 장난질이었다. 사실 장난보단 복수에 가까웠을 테지만 그 작전은 매우 엉성해서 이는 문방구 혼자만 몰랐지, 다른 모두가 다 문방구의 소행임을 눈치채고 있었다. 다음 날 학교에서 이에 대한 혹독한 대가를 치렀다는 것은 이루 말할 필요도 없다. 다만 애석하게도 문방구는 이를 통해 더욱 치밀해지는 방법을 배웠다. 앞으론 기왕지사 거짓말을 할 거면 끝까지 뻔뻔하게 잡아떼기로 마음먹었다. 어설픈 거짓말은 외려 오늘처럼 화를 부를 테니깐.

문방구의 장난전화

"따뜻한 코코아를 마시겠니?"

여느 때처럼 부드러운 주인아줌마의 음성이었지만 눈사람과 쇼펜쥐는 그것이 낯설게만 느껴졌다. 무엇보다 그 둘을 계속하여 괴롭힌 '소문이 좋지 않은'이라는 단어가 몽롱하게 주위를 떠도는 것만 같았다. 다른 아이와는 다를 것이라 여겼던 문방구 또한 아이들과 똑같은 말을 쓰고 있었다. 그럼 너희들은 소문이 좋지 않은 부부네 집에 있는 거니? 상황이 어느 정도 정리되자 문방구가 눈사람에게 처음 물었던 한마디였다.

이곳 북쪽 나라엔 전혀 필요 없을 것 같은 고물 선풍기가 눈사람 혼자를 위해 열심히 돌아가고 있었다. 물론 그래도 눈사람은 여전히 화롯가에서 멀리 떨어져 있었다. 눈사람과 쇼펜쥐의 거리가 유기체와 무기체를 나누는 넘을 수 없는 선처럼 느껴졌다.

"아닙니다. 괜찮아요, 어르신."

쇼펜쥐는 다시 처음처럼 주인아줌마를 깍듯하게 대했다. 원 녀석두-

주인아줌마는 별 시답잖게 그 분위기를 넘겼지만 눈사람은 쇼펜쥐가 왜 그런 행동을 하고 있는지 누구보다 잘 알고 있었기에 그 자리가 불편하게 느껴졌다.

짓궂은 날씨가 또다시 기승을 부릴 무렵 문방구는 싯누런 이를 훈장인 양 드러내 보이며 일장 연설을 하기 시작했다. 그 연설의 대부분은 자신이 오랫동안 눈사람을 지켜봐 왔으며 앞으로 친하게 지내고 싶다는 말들뿐이었다. 문방구는 마치 눈사람과 꼭 친해져야 할 사람처럼 비굴하리만큼 친절하게 녀석들을 대했다. 시답잖게 웃는 문방구의 입에선 몹시 고약한 냄새가 뿜어져 왔다. 아무래도 양치질과는 담을 쌓고 사는 아이 같았다.

"우리를 지켜봤다구? 언제서부터?"

"나는 너희들이, 처음 언덕 위의 오두막집에 들어가는 날부터 봤었다. 그때 나는 내 친구들부터 어른들한테까지 모두 너희들 얘기를 빠짐없이 했는데 아무도 날 믿어주지 않았다."

원래 이 마을 사람들은 문방구의 말을 전혀 신뢰하지 않았는데 문방구는 그 사실을 알고 있으면서도 말하지 않았다. 쇼펜쥐는 다른 아이들과 달리 자신들을 보며 신기해하는 문방구를 보고 오히려 놀랐다.

"말하는 눈사람과 생쥐를 보는데 안 신기해하는 사람이 어디 있니? 걔네들은 신경 쓰지 마. 원체 성격이 고약한 놈들이야."

"네 입 냄새보다 말이니?"

참다못한 쇼펜쥐가 코를 틀어막으며 쏘아붙였다.

"그럼. 입 냄새도 무지 고약한 놈들이지."

문방구는 자신에게 해가 되는 말은 모조리 다른 사람의 일인 것처럼 들리는 귀를 가지고 있어서 무슨 말에도 전혀 주눅 들지 않았다.

"그런데 왜 사람들은 우리 주인아저씨, 아줌마를 다들 안 좋게 말하니? 왜 자꾸 소문이 좋지 않다, 그렇게들 부르는 거지?"

"그런 사실이라면 우리 문방구 할아버지가 알고 계실지 모른다. 나도 사람들이 그냥 아주 나-쁜 소문을 가졌다고만 말해서 그런가 보다 했다."

싯누런 이에 똥색 옷을 입고 있던 문방구는 머리 한쪽을 긁어 내리며 어리둥절한 표정을 짓고 있었다.

"우리 문방구 할아버지는 이 마을에서 가장 오래 사신 분이셔. 할아버지는 마을에서 모르는 게 없는 분이시다. 할아버지는 우리 학교 아줌마들하고 많이 만나는데 그건 학부모 아줌마들이 아이들 학용품이나 준비물을 사주려고 자주 들락날락거리기 때문에 어쩔 수 없는 일이지."

문방구가 더욱 가까이 붙어 들자 쇼펜쥐는 사색을 내비쳤다. 가까운 거리가 아님에도 뿜어져 나오는 구취를 가까이에선 더욱 맡을 자신이 없었기 때문이다. 그래도 어쩔 수 없어 쇼펜쥐는 최대한 입으로 숨쉬기로 마음먹었다.

문방구의 말은 꽤나 그럴듯했다. 동네 아줌마들은 아이들 학용품 준비를 빌미 삼아 할아버지네 문방구에서 자주 모임을 가졌는데 그 모임에서 이 마을 모든 소문이 발을 단다고 말했다. 그리고 문방구 할아버지는 못 들은 척 그 얘기들을 전부 주워들을 수밖에 없다고 했다.

“그래서 문방구 할아버지는 이 마을 모든 일을 다 알고 계시는 거다. 아줌마들은 우리 마을 소문꾼들이거든. 예전에 우리 반에서 어떤 친구가 바지에 똥을 싼 적이 있는데 그 친구가 학교 정문을 나가기도 전에 그 소문이 마을 전체로 퍼져서 망신을 산 적이 있다. 우리 할아버지 표현을 빌리자면 정말 지독한 년들이다.”

문방구는 끝끝내 그것이 자신의 얘기임을 밝히진 않았다. 문방구의 입에서 거친 표현이 흘러나오자 쇼펜쥐와 눈사람은 조금 놀란 눈치였다.

“내가 한 말이 아니라 문방구 할아버지가 그렇게 표현했다는 거야.”

“너도 그렇게 생각하니?”

“물론 나도 그렇게 생각하지. 똥을 더럽다고 말하는 데 이유가 있니?”

“그 아줌마들이 너에게 무슨 잘못이라도 저질렀다는 듯이 말한다?”

쇼펜쥐의 마지막 말에 문방구는 입술을 깨물었다. 말하자면 자존심이 상하고, 숨기자면 마음 답답한 말들이 목청에서 맴돌았다. 11살의 나이가 그러했다. 세상이 어떻게 돌아가는지는 알지만 이해가 되지 않는 것들이 너무나도 많았다.

또래 친구들의 괴롭힘과 괄시가 동네 아줌마들의 무서운 수다와 아주 연관 없지는 않을 것이란 걸 문방구는 누구보다 잘 알고 있었다. 친구들은 자신을 두고 놀릴 적마다 꼭 말머리 처음에 ‘우리 엄마가 그러는데’라는 말을 빼놓지 않았다. 그것이 진짜로 아이들이 엄마가 하는 말 그대로를 신뢰했는지 아니면 아이들도 그렇게 생각했는데 엄마들이 동조를 했던 것인지는 중요치 않았다. 엄마가 그랬는데, 말하면 그 말을 전하는 아이보다 그 엄마가 더 미웠기 때문이다.

한동안 아무 말도 하지 않자 눈사람은 혹시나 문방구의 기분을 상하게 한 건 아닌지 걱정이 들기 시작했다. 할아버지는 너희 친할아버지니? 또다시 나긋나긋한 목소리로 눈사람이 달래듯 물었다.

“아니, 문방구 할아버지는 내 할아버지가 아니야. 할아버지한테는 친아들이 하나 있는데 지금은 이곳에 없지. 고시 공부를 하러 성당에 들어갔다 했어. 알다시피 성당은 무척 지루한 곳이거든. 그곳에 가서 열심히 공부만 하겠다고 저 산 위에 있는 성당엘 갔지.”

문방구는 마을 가장 높은 위치에 있는 어떤 한 건물을 가리켰다. 그곳은 너무 멀리 있어 육안으론 잘 구별이 가지 않았는데 멀리서도 보이는 십자가 모양의 나무판 덕에 그곳이 성스러운 곳임은 짐작할 수 있었다.

“할아버지는 늘 아들을 그리워해. 그런데 아저씨는 할아버지를 무척 싫어하지. 할아버지는 아저씨가 자신처럼 살기 싫어서 아득바득 공부하는 거라고 늘 입버릇처럼 말씀하셨어.”

그 말을 듣고 눈사람이 문방구에게 너도 가족이 있느냐 물었다. 이에 문방구는 특히 ‘단둘’이라는 말을 강조하며 아버지와 산다고만 말해주었다. 이는 곧 엄마나 다른 사람의 얘기는 절대 물어보지 않았으면 하는 바람이 담겨 있었으나 쇼펜쥐와 눈사람은 엉뚱하게도 오히려 단둘이라는 말에 단둘 말고 다른 사람의 얘기가 궁금해졌다.

"내 얘기 못 들었어? 단둘이라고."

문방구의 얼굴이 빨갛게 달아올랐다. 그래서 쇼펜쥐와 눈사람은 약간 움찔했다. 문방구는 순간 버럭 했던 것이 약간 미안해져서 목소리를 조금 가라앉히고 다시 조용하게 물었다.

"근데 너희들은 이 마을에 온 이유가 뭐니?"

"나는 벚꽃을 찾고 있는 중이야. 우린 지금 벚꽃을 찾기 위해 남쪽 나라로 가고 있는 중이거든. 그곳은 여기 북쪽 나라보단 따뜻한 나라여서 꽃이 필 수 있는 곳이라 들었어."

"오, 멋진 꿈이구나. 나는 왜 그런 생각을 못 해봤지? 벚꽃을 찾는 눈사람은 정말이지 처음 들어보는걸."

문방구는 또다시 싯누런 이를 드러내 보이며 근사하다는 듯 말했다.

"그렇게 말해주는 건 네가 처음이야. 근데 너는 우습지 않니? 너도 알다시피 나는 눈사람이잖니. 그런 내가 벚꽃을 찾아 떠난다는 게 말이야."

"아니 난 전혀. 그게 왜 이상해야 하지? 처음 들어보긴 하는데 정말 근사한 꿈이야! 벚꽃과 눈사람이라, 나와 함께 찾으러 가자. 꽃은 이 주변에도 많아."

문방구는 마을 어귀에 자신이 봐 두었던 꽃들이 있다며 서둘러 그곳으로 가자 말했다.

"문방구야, 미안한 얘기지만 내가 찾는 꽃은 벚꽃이야. 봄에 피어나는 꽃이기 때문에 이 마을에선 있을 수가 없단다."

"뭐, 봄? 눈사람은 겨울에만 만들 수 있는 거 아니야? 추운 날씨를 봄이라고 하는 건가?"

눈사람 입에서 벚꽃과 봄이라는 단어가 나오자 문방구는 몹시 혼란스러운 모양이었다. 추운 날씨가 봄이었던지 겨울이었던지 헷갈리기 시작했다.

"잠깐만, 혹시 네가 말한 벚꽃은 봄에만 피는 꽃이니? 근데 눈은 겨울에 내리는 거 맞지?"

눈사람이 고개를 끄덕이니 문방구의 태도가 급변했다.

"너 미친 거 아니니? 눈사람은 겨울이구 벚꽃은 봄이잖아. 어떻게 눈사람이 벚꽃을 봐?"

"하지만 그건 내 꿈인걸……."

"눈사람아, 우리 아빠 얘길 해줄게. 우리 아빠는 어렸을 적부터 화가가 꿈이었다. 그리고 지금도 화가가 꿈이지. 덕분에 엄마는 가난이 지겨워 집을 나갔고 나는 이렇게 똥색 옷을 입고 냄새나는 입으로 우리 아빠를 소개하고 있단다."

쇼펜취와 눈사람이 고개를 갸웃거리기 시작했다. 도무지 무슨 말을 하고 있는지 쉽게 와 닿지 않아서였다.

"그뿐만 아니야. 작품이 팔리지 않는 날엔 술에 찌들어 들어와 잘못도 없는 나를 쥐어패지. 게다가 그림을 그리다 잘 풀리지 않는 날이면 집에 불이 난 것처럼 담배 연기가 방 안을 가득 채운다. 그래서 다음에 한 번만 더 그러면 우릴 집에서 쫓아낼 거라고 집주인 아줌마가 두 팔을 걷어붙이고 달려들었지. 무슨 말인지 아니?"

눈사람이 어색한 표정을 지으며 그다음 말을 기다렸다. 이 바보야, 무슨 말인 줄 아느냐고! 문방구가 답답하다는 듯 다시 한 번 더 되물었다. 그제야 눈사람과 쇼펜쥐는 문방구의 의중을 눈치채기 시작했다.

"내가 하구 싶은 말은 너희들이 정말 멍청하다는 말이야. 눈사람이 도대체 어떻게 벚꽃을 보구 싶어 할 수 있니? 그게 말이나 돼?"

한번 몰아치기 시작한 문방구의 열변은 말이 더해갈수록 더욱 뜨겁고 시끄러웠다.

"우리 집에도 너희 같은 사람이 딱 하나 있지. 자기 자신이 눈사람인 줄도 모르고 벚꽃을 사랑하는 아버지 말이야. 그건 정말이지-"

문방구는 말을 하던 도중 큰 숨을 들이마셨다. 그리고 길게 내뿜으며 애꿎은 돌 하나를 쥐어 들어 저 멀리 던져 버렸다.

"미련한 거야."

뒤돌아선 문방구의 어깨가 들썩이기 시작했다. 물론 춤을 추고 싶어 하는 것 같진 않았다. 아무래도 그 등 뒤의 얼굴엔 뜨거운 눈물이 흐를 것 같았다. 똥색 옷의 소매로 코를 훔치던 문방구는 그렇게 한참이나 뒤돌아보지 않았다.

아마 11살의 나이가 그러했다. 나와 이 세상이 무언가 다르다는 것을 알았지만 그것이 무엇인지는 몰랐다. 내 주변과 내가 다른 이유가 돈 때문이란 것을 깨닫게 된다면 그보다 슬플 순 없었다. 허나 슬프게도 11살은 노력할 수도 없는 나이라서 있는 그대로 그 시련을 감내할 수밖에 없었다. 아무리 열심히 노력해 봤자 11살은 학교에서 내준 숙제를 잘해 오는 정도의 성과밖에 낼 수 없었다.

늦은 밤, 유난히 집에 들어가는 것을 무서워하는 문방구를 어렵사리 떼어 놓고 쇼펜쥐와 눈사람은 무거운 발걸음을 뗄 수밖에 없었다. 오늘은 집으로 가는 길이 너무 멀게 느껴졌다. 오두막집엔 다소곳이 앉은 주인아줌마와 믿음직스러운 주인아저씨가 그 둘을 반길 것이다. 한데 문방구는 누가 반겨 줄까? 쇼펜쥐와 눈사람은 지금 서로 무슨 생각을 하고 있는지 너무나 잘 알고 있었기에 감히 한 마디도 꺼낼 수 없었다. 왠지 지금은 문방구를 동정하는 것 또한 녀석에게 미안해졌기 때문이다.

촘촘하게 별 박힌 밤하늘의 길을 따라 눈사람과 쇼펜쥐는 언덕 위로 올라가고 있었다. 사방은 조용했고 주위는 어두웠다. 고즈넉한 길에 적색 가로등마저 없었더라면 이 밤이 매우 시릴 뻔했다.

얼마 되지 않은 저 먼 곳에서 자동차 불빛이 보였다. 매우 낯이 익은 차였다. 노란색 봉고차는 이 어두운 길에 혼자 모험이라도 떠나는 듯 낡은 엔진 소리를 동반하며 약간은 소란스럽게 달리고 있었다.

먼발치에서 멈춘 차는 아이들이 탑승했던 그곳에, 이번엔 아이들을 내려주기 시작했다. 빨간 점퍼의 앙칼진 여자아이, 덩치가 큰 아이, 꾸부려 앉아 숙제를 하던 아이들이 순서대로 차에서 내렸다.

그들은 마치 어른 같은 표정을 지으며, 어른과 같은 세상의 무게를

젊어지고 있었다. 단 몇 시간 만에 입술이 말라비틀어진 여자아이가 맨 선두에 서서 풀이 죽은 채 걸어오고 있었다. 아이들은 눈사람과 쇼펜춰를 봐도 아무런 감흥을 느낄 수 없었다. 힘없는 발소리에 허리까지 숙인 고개는 그들의 삶의 무게가 결코 어리지 않음을 여실히 느끼게 해주었다.

"오늘 하루도 꿈 때문에 고단했나 보구나."

눈사람은 그들의 발걸음이 너무나 가여워 위로를 건네지 않을 수 없었다. 하지만 돌아온 대답은 침묵뿐이었다. 터벅터벅 멀리쯤 갔을 때, 쪼그려 앉았던 아이가 나지막이 속삭였다.

"내 꿈은 내일이 일요일이기를 바라는 희망뿐이야."

여자아이와 덩치 큰 아이는 그 말에 크게 공감하고 있었다.

위로

아이들이 그렇게나 바라던 일요일은 그 뒤로 네 번의 저녁 하늘을 더 보고 나서야 찾아왔다. 아주 오랜만에 주인 부부는 즐겁게 웃으며 늦은 아침을 맞이했다. 집 안엔 구수한 마늘 굽는 냄새가 풍겼고 화롯가의 불씨 타는 소리가 참새 지저귀는 소리처럼 감미롭게 들려왔다. 거기에 한껏 분위기를 내려 틀어 놓은 잔잔한 클래식 음악은 엄마의 배 속에 있었을 때의 느낌을 알게 해주었다. 눈사람을 위해 특별히 공수해온 삼중 냉각 드라이아이스가 서서히 녹으며 하얀 입김을 뿜고 있었다.

검은색 모자에 검은색 원피스를 입던 쇼펜쥐에겐 두 벌 여분의 옷이 더 생겼다. 하나는 빨간색 바탕에 노란 점이 골고루 박힌 점박이 옷이었고 다른 하나는 청색과 초록색이 줄줄이 박힌 줄무늬 원피스였다. 요즘 들어 주인아줌마는 쇼펜쥐의 옷을 만드는 낙으로 사는 듯했다. 다만 슬프게도 눈사람은 옷을 입혀 줄 수 없어, 그것이 퍽 아쉬웠다.

주인아저씨는 코끝을 살살 간질이는 구수한 냄새에 더 이상 잠을 이루지 못했다. 듬성듬성하게 빠진 머리카락이 하늘을 향해 힘껏 뻗어 있는 채로 아저씨는 거실로 나왔다.

근사한 아침 식사는 구운 마늘과 베이컨 세 조각 그리고 노릇노릇 데운 토스트들이었다. 쇼펜쥐는 아저씨 밑에서 베이컨 한 조각을 맛보고 그 맛에 놀라고 말았다. 짭짤하니 육질이 부드러운 것이 생전 처음 맛보는 희귀한 맛이었기 때문이다. 하지만 그 작은 체구로는 곧 배가 부르고 말아 한 조각 이상을 먹기가 힘들었다.

아침을 느긋하게 마친 후, 오후 한 시 정도가 되어서 주인 부부는 나갈 채비를 끝마쳤다. 두 시엔 예배가 있기에 마냥 느긋하게 있을 수만은 없었다. 주인아저씨는 안방에 들어가 묵직한 성경을 꺼내 들었다. 그것을 겨드랑이에 꼭 끼워 넣고 소파에 앉으며 주인아줌마를 기다렸다.

느긋하게 틀어 놓은 텔레비전에선 세상만사의 소식이 쏟아졌다. 한 주간에 큰 사건이나 사고가 없다면, 일요일 아침 뉴스는 대개 산뜻하게 시작하여 흥미로운 주제들 위주로 방영했다. 보통 지구촌 소식으로 시작하여 나들이 정보, 금주의 추천 도서, 기발한 영상 순으로 방영되어 끝으로 날씨를 소개하며 일요일 아침 뉴스는 끝이 났다.

주인아줌마는 기발한 영상을 방영할 때쯤 립글로스를 발랐고 날씨를 소개할 때쯤 마지막 옷매무새를 확인했다. 심드렁하게 누워 있던 아저씨는 립글로스 뚜껑 닫는 소리에 반사적으로 몸을 일으켰다. 그리고 항상 그러했듯이 일기예보는 틀어 놓은 채 바깥으로 나갔다. 요즘처럼 추운 겨울엔 엔진이 얼어붙어 시동이 잘 걸리지 않았던 탓이다.

바깥에서 한참이나 서 있던 눈사람은 우두커니 서서 먼 곳을 응시하고 있었다. 그곳이 어느 방향인지는 몰랐으나 멍하니 있는 것을 보아 분명 소녀가 사라진 방향을 좇고 있는 듯했다. 상념에 잠긴 눈사람이 또 한 번 깊은 한숨을 내쉬었다. 풀리지 않는 날씨가 원망스러운 듯 보였다. 마음 같아선 어디라도 쏘다니며 찬바람이라도 맞는다면 기분이 한결 나아질 것 같았지만 함부로 돌아다닐 수 없었다. 만일 그러다 소란스러운 사람이라도 마주치게 된다면 자신의 존재가 방방곡곡 퍼질 게 분명했기 때문이다.

노곤히 낮잠을 자던 쇼펜쥐도 좀이 쑤셔 더는 집 안에 있을 수 없었다. 쇼펜쥐는 침대에서 일어나 간단하게 따뜻한 우유 한 잔을 들이켰다. 우유는 화롯가 옆에 있어서 그런지 마실 때마다 장작 타는 냄새가 찡긋하게 피어올랐다. 따분해진 쇼펜쥐는 주인아줌마가 만든 모자와 원피스를 챙겨 입은 후 문 밖을 나섰다.

"무얼 보고 있지?"

쇼펜쥐가 멍하니 있던 눈사람에게 물었다.

"남쪽을 보는 중이야. 왠지 소녀가 가까워지는 기분이 들거든. 보일 듯 말 듯하는 기분이랄까?"

눈사람은 눈길도 한 번 주지 않고 입 모양만 움직여 대답했다.

"그것참 이상하네. 그곳은 북쪽인데 말이지. 소녀는 네 뒤통수가 가리키는 방향으로 떠났거든. 원래 눈사람은 눈이 네 개니?"

쇼펜쥐가 또 한 번 빈정거리며 쏘아붙였고 눈사람은 약간 겸연쩍어졌다.

눈사람과 쇼펜쥐가 삭막한 이 마을에서 마음을 터놓을 수 있는 사람이 있다면, 그건 문방구가 유일했다. 사실 문방구 또한 주변 또래 아이들이 자기들 그룹에 잘 끼워주지 않은 탓에 그동안 적잖이 외로웠었다. 아무리 친구들이 자기들 집단에 끼워 주지 않는다 해도 집 안에 가만히 있는 건 싫었다. 왕따를 당하는 일보다 술고래를 감당하는 일이 훨씬 힘들기 때문이었다.

문방구의 하루 일과는 할 일 없이 바깥에 나가 시간을 죽이다 아빠가 잠들 만한 시간에 집으로 기어들어 가는 일뿐이었다. 주중이라면 학교에라도 가겠지만 주말엔 정말 할 것이 없었다. 그나마 다행히도 일요일 오후엔 성당에라도 가서 점심 한 끼를 눈치 보지 않고 때울 수 있기에 퍽 만족스러웠다.

간혹 가다 얄미운 녀석들 중엔 선생님 문방구가 두 그릇 먹어요, 라고 고자질하는 녀석들도 더러 있어 문방구의 가슴이 철렁 내려앉을 때도 많았다. 자신의 집이 남보다 가난함을 몸으로 시인하고 있는 것 같은 기분이었기 때문이다. 다행히도 성당 사람들은 그런 것들에 별로 연연해하지 않았다. 조금 더 먹으면 어떠니, 예수님 말씀처럼 남을 배려하며 살아야 한단다 하며 오히려 고자질한 아이를 듣기 좋은 말로 타일렀지만 문방구의 방식은 성당 사람들과 조금 달랐다. 그날 고

자질한 아이의 집엔 또 원인 모를 피자가 배달되었고 결코 적은 양이 아니라 그 집 부모는 고생깨나 해야 했다.

일요일 오후 예배가 끝난 뒤 문방구와 눈사람, 쇼펜쥐는 약속이라도 한 듯 마을 한구석 제일 외진 삼거리 길가에서 만났다. 마침 할 일 없어 심심해하던 문방구가 먼저 인사를 건넸다. 역시나 오늘도 어제, 그제와 같은 똥색 옷을 입고 있었다. 문방구가 어딜 가는 길이냐 묻자 눈사람은 집에 있는 게 좀이 쑤셔 한 바퀴 돌던 중이라 말했다.

눈사람의 대답에 문방구는 방앗간 만난 참새처럼 끈적끈적한 관심을 보였다. 또다시 문방구의 말투엔 어딘지 모르게 음흉한 구석이 있어서 약간은 불안하게 들리기까지 했다.

“그럼 나랑 아주 재미있는 놀이를 할래? 내가 개발한 놀인데 그건 바깥에서 사람을 만날 일이 없다. 집 안에서도 충분히 할 수 있는 놀이야.”

“집? 너희 집에서 말이야?”

쇼펜쥐의 물음에 문방구는 소스라치게 놀라며 말했다.

“안 돼, 우리 집엔 지금쯤 술 마시며 또 잔소리를 해댈 술고래가 있거든.”

결국 쇼펜쥐와 눈사람은 문방구를 주인 부부의 집으로 초대했다. 문방구의 곰팡이 짙은 낡고 허름한 집에 비하면 주인 부부의 집은 궁궐과도 같았다. 보기만 해도 마음이 놓이는 화롯가며 깔끔하게 정돈되어 있는 식기구들을 보며 문방구는 부러운 기색을 감출 수 없었다.

그곳엔 코를 쥐어뜯을 만한 퀴퀴한 냄새도 없었고 가난한 아이들의 전매특허인, 놀러 갈 때마다 집에 있는 아버지도 없었다. 화려하게 수 놓은 장식 테이블 위엔 고풍스럽게 보이는 전화기 한 대가 있었는데 당연하게도 녀석의 최고 관심사는 전화기였다. 눈사람과 쇼펜쥐는 평소엔 다룰 줄도 몰라 무심히 지나치는 전화기 앞에 문방구와 옹기종기 모여 앉았다.

이제부턴 문방구의 일장연설이 시작되었다. 녀석은 지금부터 자신들이 해야 할 '놀이'에 대해 거창하게 침 튀겨 가며 설명했고 눈사람과 쇼펜쥐는 가만히 앉아 듣고만 있었다. 말을 하는 도중 두 녀석의 흥미가 없어 보이거나, 질색하는 기색을 보이면 또 거기에 대해 친절히 이것이 왜 재미있으며 어떤 거짓말이 가장 잘 먹히는가에 대해 설명해주었다.

"자- 지금부터 경찰서에 연락을 할 거야. 그럼 어떤 뻥을 쳐야지?"

간간이 구술시험 또한 진행되었는데 여느 퀴즈쇼보다 더욱 박진감 넘쳤다.

"무엇보다 중요한 건 말투야. 절대루 어린아이라는 걸 들켜선 안 돼. 누구든 어린아이들의 전화는 의심하기 마련이거든. 자 이젠 어른들이 쓰는 말투를 해봐. 내가 시범을 보여주지. 네가 피자집이야."

쇼펜쥐는 신이 나 얼른 피자집 종업원이 되었다.

"네- 안녕하세요. 쫄깃한 피자집입니다."

"잠깐만, 쫄깃한 피자집? 무슨 이름이 그래? 다른 이름으로 해봐."

문방구가 괜히 피자집 이름을 들먹이며 다그치자 쇼펜쥐는 약간 언짢아졌다.

"네- 안녕하세요. 한 판을 시키면 또 한 판을 드리지만 이미 가격엔 그 두 판 가격이 포함된 피자집입니다. 시비 걸지 말고 주문하세요."

"음…… 피자집 이름이 좀 길군요? 여긴 참빛 교회입니다. 부활절 예배를 마치고 아이들 피자를 시켜줄 계획인데, 불고기 피자 열 판 정중하게 부탁드리겠습니다. 계산은 담임 목사님께서 하실 계획입니다."

엄지와 약지로 만든 전화기를 허공에 끊고도 문방구는 침착함을 잃지 않았다. 쇼펜쥐는 입을 벌리며 약간은 감탄했다. 근데 문방구야 이런 건 나쁜 짓 아니니? 잠자코 듣고만 있던 눈사람이 조심스럽게 말을 꺼냈다.

"나쁜 짓? 이건 그냥 장난일 뿐이야."

"너는 장난일지 몰라도 경찰서나 소방서에 그렇게 장난전화를 하면 진짜루 위급한 사람들은 죽게 될지도 몰라."

"그래서 뭐 어쩌라구. 위급한 사람들이 죽든 말든 그건 내 알 바 아니야. 마찬가지로 그 위급한 사람들도 내가 밥을 굶든 아빠한테 매 맞든 신경 써주는 거 아니잖아?"

눈사람은 약간 어이가 없었지만 마땅한 대답이 떠오르지 않았다.

"너 진짜 나쁜 사람들이 누군지 알아? 그건 바로 경찰이나 소방관들이야. 그 자식들이 착하단 말은 뭘 몰라도 한참 몰라서 하는 소리야. 너는 옛날에 우리 아빠가 술 먹고 날 때리던 얘기를 모르지? 나는 그

날 너무 무서워서 혼자 도망 나와 공중전화기에 대고, 네 말대로 도움이 필요한 사람들을 도와주는 경찰한테 연락했다. 그래서 경찰들이 우리 집에 왔지. 그런데 와서 어떻게 한 줄 알아?"

문방구는 숨을 껄떡이며 몸을 부르르 떨었다.

"댁의 아드님이 신고해서 왔어요. 진정하세요. 이렇게 말해버렸지. 그리고 난 경찰들이 간 뒤로 또 신나게 뚜드려 맞았어. 애비를 팔아먹은 자식새낀 죽어도 싸다고 말이야. 이래도 경찰들이 착한 놈이야? 순- 나쁜 새끼들."

문방구는 그때 생각만 하면 아직도 분이 덜 풀리는 모양이었다. 그래서 두 손으로 주먹을 불끈 쥐고 가느다랗게 떨고 있었다. 문방구의 얘기를 듣던 눈사람도 더 이상 녀석을 말릴 순 없겠다 싶었다.

"그래도 난 이런 장난을 하고 싶지 않아. 이건 남에게 피해가 되는 행동이야."

부득이 듣고만 있던 쇼펜쥐도 분위기를 살피다 자신의 헛헛한 감정을 숨김없이 말했다.

"뭐라구? 이 배신자 새끼."

한동안 군말 없이 잘 놀던 쇼펜쥐마저 하기 싫어하는 내색을 비치자 문방구는 분통이 터질 노릇이었다. 자신의 심정을 알아줄 만한 유일한 친구를 잃은 기분이었기 때문이다. 그래서 느닷없이 배신자 낙인을 찍어버리며 억울한 감정을 여과 없이 표출했다. 팩- 돌아선 문방구는 두고 보라는 말만 남긴 채 쏜살같이 집을 뛰어 나가버렸다.

잡는다면 잡을 수 있겠지만 눈사람과 쇼펜쥐도 이미 마음이 상했다. 개에 비유한 욕이나 엄마 없는 거시기 같은 욕설 따위를 듣고도 마음 좋게 이해해 줄 친구는 별로 없다. 문방구가 나간 뒤 한참이나 지나서야 쇼펜쥐도 못된 자식, 다신 같이 노나 봐라, 하는 식으로 분개해하며 돌아선 제 마음을 다시 한 번 더 확인했다.

그나마 문방구에게 위로가 되었던 건 학교 앞 작은 문방구의 할아버지뿐이었다. 수더분하게 생긴 문방구 할아버지는 인생에 늘 여유가 넘쳐 보였다. 하얀 백발에 듬성듬성 탈모가 시작된 할아버진 자신의 가는 세월에 별로 연연하지 않았다. 주름진 손등엔 크고 작은 상처들이 많았는데 노인은 그것들을 퍽 자랑스레 여겼다. 노인은 문방구에게 세상 가장 불쌍한 사람에 대해 얘기해주고 있었다. 엄마 없는 자신이 자기 반에서 제일 불쌍하다 툴툴대던 참이었는데 거기에 대해 위로를 해주고 싶었기 때문이다.

"너는 엄마 없는 사람보다 더 세상 제일 불쌍한 사람이 누군지 아니? 그건 바로 농아란다. 농아란 선천적으로 소리를 들을 수 없는 사람들이야. 이 사람들이 왜 불쌍하냐믄 이 세상에서 한 번두 소리를 들어 본 적이 없기 때문에 사람 구실을 할 수 없단다."

하지만 아득바득 우기며 아무리 그래도 자신이 농아보다 더 불쌍하다 우기는 문방구 앞에선 말짱 허사였다. 이상하게도 문방구는 노인의 입에서 지금 자신보다 더욱 불쌍한 사람들의 얘기가 나오면 시기,

질투 비슷한 감정을 느꼈다. 노인은 온전히 자기만을 불쌍하게 여겨 할 사람처럼.

"아무리 네가 불쌍한 아이라 해도 장난전화는 몹쓸 짓이란다. 그럴수록 너만 더 이 세상에서 외톨이가 될 거란다."

"어차피 전 외톨이에요. 제가 만일 장난전화라도 하지 않는다면 다른 사람들은 아무 관심도 안 가질 걸요. 아마 내가 술고래에게 맞아 죽어두 아무도 모를 거예요."

"아니래두. 인석아."

"맞대두. 이 할아버지야."

문방구의 도 넘은 응석을 받아주는 건 오직 노인뿐이었다. 어쩔 땐 괘씸한 마음이 들기도 했지만 노인은 결코 야단치는 법이 없었다. 문방구에게 응석 부릴 만한 곳이 자신 한 곳밖에 없다는 것을 이미 잘 알고 있었기 때문이다. 더불어 문방구의 몹쓸 장난전화질이, 실은 타인에게 관심받고 싶어 하는 원초적인 몸부림이라는 것도 잘 알고 있었기에 살살 달래어 그 고집을 휘게 하는 수밖에 없었다.

"그래두 친구들에겐 사과하는 게 좋지 않겠니? 유일하게 마음 터놓은 친구들인데."

문방구는 마침 장난전화 문제로 친구들과 다퉜던 것에 대해 실토했는데 그러면서도 그 친구들이 말하는 눈사람과 생쥐라는 사실은 감췄다.

"싫어요. 아주 나쁜 새끼들이에요. 엄마 없는 개……"

"또, 또, 또, 또!"

문방구의 입에서 또다시 거친 언어가 나오기 전에 노인은 녀석의 말투를 지적했다.

"듣기 좋은 말도 삼세번이면 질린다는데 넌 어째 그리 못난 말만 사용하는 게냐?"

"이게 뭐가 나쁜 말이에요?"

"인석아. 누가 너더러 개라고 하면 기분 좋디? 또 말짱히 살아 있는 엄마를 죽었다고 말하면 누가 기분 좋아하겠니?"

"물론, 처음 들으면 기분 나쁘겠지만 계속 듣다 보면 아무렇지 않게 되는 말이에요."

"하이구야- 제발 그런 말은 쓰지 마렴. 그런 끔찍한 말을 왜 아무렇지 않을 때까지 들어야 하겠니."

간혹 문방구는 자신이 집에서 아버지한테 아무렇지 않게 듣는 말을, 왜 세상 사람들은 펄쩍 뛰며 놀라는지 이해가 가지 않을 때가 참 많았다.

"정 화가 날 땐 그냥 나-쁜 녀석들이란 말로도 충분하단다."

"그치만 너-무 화가 날 때는요?"

"그러면 '정-말 나쁜 녀석들!'이라 하면 되지."

"그렇게 해도 화가 안 풀리면요? 차라리 애미도 버리고 간 새끼라 말하면 안 되나요."

"아서라- 인석아."

노인은 문방구를 제 가슴팍에 꼭 오므리며 안아주었다. 굵은 손으로 녀석의 머리 한편을 쓰다듬으며 한껏 밀착시켰다. 심한 욕설을 내뱉는 녀석이 사랑스러워서가 아니라 그 말을 아무렇지 않을 때까지 많이 들었을 녀석이 불쌍해서였다.

비 오는 날의 이별

비가 오는 마을의 분위기는 음침하다. 사방이 어두운 거리를 걷노라면, 평소 귀신의 존재를 믿지 않는 배짱 좋은 사람들도 그날만큼은 애없이 죽은 처녀귀신이나 뱃속에서 죽은 동자귀신 따위의 이야기들이 마구 떠오른다.

"목발 짚고 다니는 한 다리 아저씨 알지? 그 아저씬 원래 조기축구회에서 날아다닐 만큼 두 다리 멀쩡한 사람이었다. 근데 비 오던 어느 날 무당집 앞을 걷는데 난데없이 다리 없는 귀신이 다리 내놓으라고 덮치지 않겠니? 그래서 그 아저씬 속수무책으로 자기 다리를 빼앗기고 만 거야. 우리 엄마가 해준 이야기다."

태초에 민담이 전해지던 똑 닮은 방식대로 이 마을의 괴담도 그렇게 널리 퍼졌다. 소문의 출처를 추적하면 아주 먼 옛날에 살았던 허풍쟁이 김 씨 정도 될 것이다. 순진한 아이들의 철없는 공갈은 감기 바이러스처럼 퍼지는 것이어서 한번 입 밖으로 퍼진 말에 잘 듣는 약이란 없다. 무성한 소문이 잠잠해질 때까지 앓는 수밖에.

하지만 이런 것이 너무 고된 병이었던지 간혹 비 내리는 밤마다 진짜로 정신 나간 짓을 일삼는 사람들도 더러 있었다. 추적추적하고 끈끈한 기분 탓인지 그들은 비가 오는 날이면 어김없이 큰 소리로 굉음을 자아내고 길거리를 쏘다니며 침이 질질 떨어질 만큼 웃어대곤 했다.

문방구의 아버진 그 미친 몇몇 사람들 중 대표적인 하나였다. 그는 비가 올 적마다 달아오르는 술기운을 주체하지 못했는데 그러면 꼭 떨어지는 빗방울에 대고 자신의 신세를 한탄했다. 동네 사람들 들어주우- 애미는 집 나가고 자식새끼라곤 딸랑 하나 있는데 빌어 처먹을 지 애미를 닮아 어린놈이 싹수가 노랗소. 못돼먹은 자식새끼가 지 애비 심부름 시키면 눈깔부터 부리 까는데 세상에 이런 새끼가 어디 있소.

하지만 이는 말짱 거짓말이었다. 이 동네 사람이라면 그런 공갈에 속아 넘어갈 우둔한 사람은 없다. 보통 그 술고래가 요구하는 심부름은 술심부름이었는데 그것도 동네 구멍가게에서 외상으로 술을 사 오라는 주문이었다. 더러 어떤 날은 도저히 못 하겠다 울며불며 사정하던 녀석에게 옷을 두툼이 입혀 보내며 몰래 슬쩍 해오라고 다그치기도 했다.

사정을 모두 아는 구멍가게 사장님은 너무 괘씸해 몇 번이고 이걸 신고할까 말까 망설였지만 한 번도 행동으로 옮긴 적은 없었다. 어설픈 동정심에 괜한 보복이라도 당할까 하는 걱정 때문이었다. 그래서 문방구는 늘 아버지의 진상을 한참 멀리 떨어진 곳에서 혼자 눈물을 훔치며 괴로이 들을 수밖에 없었다. 하지만 그날은 주정쟁이가 이미 곯아떨어졌던지 문방구네가 모처럼 잠잠했다.

물론 마을에 미친 사람은 문방구 아버지뿐만이 아니다. 눈사람이 사는 주인집과 언덕 위의 성당은 꽤나 멀리 떨어진 곳에 있는데, 비 오는 날이면 그 먼 곳에서조차 다 들릴 만큼 한 남자의 절규와 욕설이 심심찮게 들려왔다. 그의 욕설은 보통 '빌어먹을-'로 시작하여 '왜 내가 이래야만 해'로 끝났는데, 대부분이 세상과 자신의 처지를 저주하는 말들이었다. 그 듣기 싫은 말의 출처는 바로 이 마을 최고 학벌을 자랑하는 고시생인데 그는 어리석게도 비 내리는 소리에 자신의 신세 한탄과 처량한 울부짖음이 다 감춰질 줄 알았던 것이다. 하지만 보통 비 내리는 마을의 오후는 화창한 날의 오후보다 훨씬 적막하고 고요해서 고시생의 절규는 대개 여과 없이 전부 들리곤 했다.

왜 자신은 하필 많고 많은 집들 중에 겨우 이따위에서 태어나 늘 이렇게 가난한지, 주변 동기생들이나 후배들은 말짱한 학원 다니며 겨우 통과한 시험을 왜 자신만 몇 년째 미역국 먹고 있는지 등 등. 그는 어쩌면 하늘에 기회를 빌려 '들을 귀 있음 들으시오' 제 아비에게 비수를 꽂고 있는지도 모른다.

부모를 원망하는 마을 사람은 비단 고시생뿐만이 아니다. 작게는 학원에서 녹초가 되어버린 특목고 삼인방부터 시작하여 크게는 돈 많은 부잣집에 시집가는 게 지상 최대의 과제가 돼 버린 디자이너 아가씨도 있었다. 물론 이제는 그녀를 볼 수 없을 테지만 말이다.

디자이너 아가씨 얘기를 꺼내자면 주인아줌마의 증언을 빼놓을 수 없다. 그 아가씨가 이 마을에서 유일하게 마음 터놓을 수 있었던 상대는 오직 그녀밖에 없었으니. 사실 그녀 나이가 이십 대 초반이었을 적만 해도 주위에 친구가 많았다. 아주 예전엔 아가씨와 고시생의 그렇고 그런 사이가 누구나 아는 공공연한 사실이었지만 이는 아주 옛날 이야기일 뿐이다. 젊고 패기 넘치는 나이에 둘은 한때 푹 빠져 서로 불같은 사랑을 나눴지만 현실이란 물이 끼얹어지며 이내 꺼지고 말았다.

주인아줌마는 이렇게 비가 오는 날에 고시생의 절규를 들을 때면 꼭 그때 그 아이의 생각이 떠올랐다. 그녀는 비가 와 시무룩 집에서 시간을 죽이고 있을 수밖에 없는 눈사람을 앉혀 놓고 이 마을의 내력에 대해 이야기해 주었다. 고시생과 디자이너 아가씨의 짠한 이야기였다.

고등학교 때까지 전교 1등 자리를 한 번도 뺏겨 본 적 없는 고시생은 선생님들의 기대를 한몸에 받던 수재 중의 수재였다. 이에 반해 벌써 어릴 적부터 마스카라, 파우더, 피부미용에 관심을 두던 디자이너 아가씬 공부가 영 먼 나라 얘기이던 조금은 불량스런 소녀였다.

그 둘은 마주칠 일이 없었다. 총애받던 소년은 늘 교실 앞자리에 앉았고 눈에 그린 아이라인을 들키지 않으려던 소녀는 늘 뒤에 앉았으니. 이렇게 서로 너무나 다른 세계에 살던 둘이었지만, 또 의외로 찾아보면 공통점도 많았다.

호적에 한부모 가정으로 등록된 고시생은 늘 방학이 될 적마다 나라에서 주는 급식카드로 밥을 해결해야 했다. 급식카드를 받아줄 만한 식당은 마을에 두어 군데밖에 되질 않아서 고시생은 늘 멀리까지 걸어서 밥을 해결한 뒤 다시 마을로 돌아오는 식이었다. 고시생의 아버지 문방구 노인은 밥 먹으러 나갔다가 돌아오면 또다시 배고플 거라고 객쩍게 농담을 건넸지만 고시생은 단 한 번도 웃은 적이 없었다. 동네에서 가장 먼 곳에 위치한 허름한 분식집에서 그는 매일같이 똑같은 메뉴를 선택했다. 그곳은 한창 붐비는 점심 시간대에도 손님이 없을 만큼 인기 없는 곳이기도 했다.

"눈사람아. 너는 우리 인간이 사는 세상을 잘 모를 텐데 우리가 사는 이 세상에서 가난은, 숨기려 할수록 더욱 도드라져 보이는 귀찮은 딱지 같은 것이란다."

화롯가 흔들의자에 앉아 있던 주인아줌마가 따뜻한 커피로 입안을 적시며 말을 이었다.

겨울방학이 시작되고 한 일주일쯤 되어서부턴가, 소년은 소녀가 왜 그곳에 매일 오게 되는지 눈치채기 시작했다. 마찬가지로 소녀도 왜 소년이 늘 그곳에 오는지 이해되고 말았다.

불편했던 소녀가 먼저 시간을 늦춰 볼까, 식당을 옮겨 볼까 하는 궁색한 방법을 떠올렸지만 12시부터 2시까지만 점심 할인가로 받는 식당의 모진 경영방식 때문에, 그나마 급식카드를 받아주는 식당 중엔 이곳이 제일 괜찮았던 탓에 입 꾹 다물고 방학이 끝나기만을 빌었다.

하지만 이렇게 마음먹기 무섭게, 어느 날은 소녀의 인내심이 무너져 버리고 만 날이 찾아오게 되었다. 그리고 그 사건은 소녀가 소년에게 충분히 따질 만한 일이었다. 사실 이 일은 둘이 결코 합의한 일은 아니지만 서로를 위해 꼭 지켜야 할 규칙이었기 때문이다.

먼저 처음에 식당에 도착한 사람은 주문과 동시에 급식카드로 먼저 밥값을 계산해야 하고 나중에 온 사람이 계산하기 전에 먼저 자리를 피해 주어야 한다는 것이 소녀가 생각한 그 둘 사이의 규칙이었다. 그러면 먼저 온 사람도, 나중에 온 이도 서로의 급식카드를 보지 않을 수 있기 때문이다. 하지만 소년은 이 절대적인 규칙을 어기고 말았다.

그날도 여느 날처럼 먼저와 똑같은 음식을 주문하고 있던 소년이 온지가 한참이 되어도 나갈 기색이 없었다. 바리바리 싸 들고 온 짐 다발엔 책이 잔뜩 들어 있었는데 소년은 그곳에서 밥을 다 먹고도 나가지 않았다. 가장 두꺼운 책을 펴더니 입으로 중얼거리며 공부를 시작해 버렸다.

식사를 마친 소녀는 얼른 그가 자리를 피해 주길 고대했지만 소년의 품행으로 보아 영 모르는 듯싶었다. 평소에 한 마디도 나눠 본 적 없지만 흘러들어 나쁜 애가 아니란 건 알았는데 왜 저럴까? 결국 참다못한 소녀가 먼저 소년에게 말을 걸었다.

"언제까지 할 거야?"

소년은 눈길 한 번 주지도 않고 열심히 공부에 열중했다.

"언제까지 할 거냐고. 여기가 도서관이야? 공부는 집 가서 해도 되잖아."

"무슨 상관이야."

소년의 말투는 눈사람의 뺨처럼 차가웠다.

"나가줘. 나 계산할 거야."

"내가 있음 계산이 안 돼? 계산해 그럼."

"신경 거슬리니깐 나가라고. 뭔 말인지 몰라?"

"그럼 네가 도서관비 줄 거야? 수요일마다 도서관 휴관일인데 네가 그 돈 낼래?"

영 시건방진 말투였다. 소녀의 귀엔 그 말이 마치 너처럼 공부랑 담 쌓고 사는 애가 내 처지를 알겠느냐, 세월 좋다 하류 인생아 하는 뜻으로 들려 버렸다. 그래서 소녀는 그 말에 발끈하고 말아 제 주머니에 있던 만 원 한 장을 틱- 하니 밥상 앞에 던져 버렸다.

"도서관비 줄 테니깐 꺼져. 다신 내 눈앞에 나타나지 마."

"겨우 만 원 한 장 주고 다신 눈앞에 나타나지 말라고? 차라리 이 돈으로 네 밥값을 계산하면 되잖아."

"그냥 꺼지라고. 보기 싫으니깐!"

소녀의 우격다짐에 소년은 별말 하지 않았다. 어차피 얘기가 통하지 않을 상대라는 걸 짐작했기 때문이다. 그 짧은 순간 동안 초라하게 눕혀진 만 원 한 장을 집어 들까 말까 무수히 많이 고민했지만 결국엔 집어 들기로 했다. 자존심이 밥 먹여주는 건 아닐 테니.

그로부터 일주일 동안 소녀는 소년을 볼 수 없었다. 지금이야 안 보고 산다 해도 별 무리 없지만 개학이 채 며칠 남지 않았기에 슬슬 뒷감당이 걱정되었다. 그렇게 일주일이 지나고 또 하루 뒤, 소년은 언제 그랬냐는 듯 다시 식당을 찾았다. 수척해진 모습이었다. 홀로 앉아 밥을 먹던 소녀도 이미 조금 누그러져 있던 터라 들어오는 소년을 보고도 별말 하지 않았다. 외려 처음처럼 아주 모른 척하며 지내는 게 나았나 싶었고 그날 자신이 내뱉었던 말이 좀 심했나 싶기도 했다.

소년은 어김없이 같은 자리에서 같은 메뉴를 주문하며 고개 숙이고 있었다. 어딘지 모르게 아파 보이는 모습이 미안하기까지 했다. 먼저 다가온 것은 소년이었다. 그는 소녀가 있던 자리에 앉진 않았지만 곁에 다가와 주머니에서 주섬주섬 만 원 한 장을 꺼내었다.

"이 식당 말곤 먹을 데가 없어. 이 돈 돌려줄게."

소년은 어디 다른 식당에서 밥을 먹다 탈이라도 난 것인지 한층 수척해진 모습이었다. 만 원 한 장을 소녀의 접시 옆에 고이 놓고 뒤돌아서려다 다시 담담히 말했다. 나 늘 잠을 못 자서 속이 약해. 장이 안 좋아. 밥 빨리 먹는 건 못 하겠어. 같은 처지니깐 나도 널 비웃지 않을 거야. 부모가 가난한 거지 우리는 아니잖아. 소녀는 땡중 공염불 외는 소리다 여기고 아랑곳하지 않고 한술 뜨려 하는데 소년의 마지막 말이 가슴에 박혀 목구멍이 열리지 않았다.

"이 촌구석 마을에 온 지 얼마 안 되었을 땐 어찌나 불편했는지 원-. 와서도 한참 동안을 도시 버릇 못 버려서 나도 여간 철없이 굴었던 게 아니란다."

머그잔 안에 들어 있던 커피 향이 은은하게 집안을 감쌌다. 고풍스럽게 추억을 되새김하던 주인아줌마는 다시 십여 년 전의 일이 떠올랐던지 입가에 미소를 짓고 있었다.

그녀가 말했던 도시 버릇이란 동적인 사생활을 의미했다. 날씨가 풀리면 어디론가 쏘다녀야 하고, 날씨가 얼면 겨울옷을 사러 가야 하고, 기분이 울적하면 머리 스타일에 힘을 줘보기도 하는 등등. 거기에 더하여 여가 생활에 약간의 사치를 향유하는 것이 주인아줌마가 생각하는 '도시 버릇'이었다.

"그 아이를 처음 만났을 때 걔 나이가 이제 갓 스물이었단다. 날씨가 풀려 옷을 사러 가던 참이었는데 아마 부티크에서 인턴으로 일하고 있었을 때일 거야. 싹싹했던 아이란다. 때 묻지 않았지. 처음 본 나에게 자기 남자친구 자랑을 얼마나 했는지 아니?"

늘 도시 생활을 동경하던 소녀는 아가씨가 되었다. 물론 그 과정이 말처럼 단순하진 않았다. 성장의 진통이 몇 번이나 되풀이됐지만 간혹 있던 그 안에서의 달콤함이 참 큰 위로가 되어주었다.

소녀는 소년을 가꾸는 일이 참 보람되고 즐거웠다. 줄곧 반장이나 학생회장을 도맡았던 소년은 학교 내 중요 행사나 장학사를 영접하는 일에 단연 앞장서야 할 위치였다. 물론 소년은 이 모든 것에 하등 관심 없는 녀석이었다. 소년은 오직 대학이라는 관문의 아귀를 조금이라도 더 열어볼 심산이었다. 학교 선생들의 유별한 관심과 다른 아이들의 무심은 직간접적으로 전폭적인 지지였다.

소녀는 같은 교복을 입어도 옷의 태가 나는 법을 익히 알고 있었다. 왜소한 소년의 체형에 걸맞게 제 손으로 옷의 밑단을 줄이기도 하고 어떤 폭은 넓히기도 하며 자질구레하지만 섬세한 손길을 기울였다. 어쩜 같은 옷을 입어도 저리 못나게 입을까? 이는 소녀의 학창시절 3년 내내 가장 큰 고민이었다. 어떤 부분에서는 바보 온달을 살피는 평강공주의 심정이기도 했는데, 다만 다른 것이 있다면 평강공주가 온달보다 심각하게 공부를 못했다.

하지만 지각변동이 시작되었다. 어느 한 사람만 변했던 것이 아니라 서로 공평하게 둘 다 변했다. 길 잃은 아이가 제자리를 지키기만 한다면 미아가 될 일은 없다. 마찬가지로 그 둘 또한 어느 한 사람이 제자리를 지키고만 있었다면 언젠간 다른 한 사람이 방황을 마치고 다시 제자리로 돌아왔을지도 모른다. 문제는 찾는 엄마도, 잃은 아이도 서로가 서로를 찾겠다고 온 도처를 뒤지고 다니니, 결국 목적은 같았지만 결과는 이미 멀어져 있었다.

이제껏 촌구석 마을에서만 줄곧 1등을 해왔던 청년은 도시에서 세상의 잔혹함을 배워 나갔다. 지옥 같은 입시 전쟁을 버텨내니 그보다 더한 취업 경쟁이 막을 올렸다. 버겁게 황새를 따라가던 참새는 이내 곧 자신의 집이 왜 그리 가난했던지 스스로 깨닫기 시작했다. 이 치열한 전쟁터에서 자신의 마을 사람들과 아버진 얼마나 여유로웠던지. 출발 선상이 달라도 너무 달라 부득이 괴로울 수밖에 없었다. 현실에 대한 중압감은 종종 외면으로 표출되곤 했는데 그래서 그녀와의 전화 빈도가 줄어들었고 만남은 짜증으로 끝날 적이 많아졌다.

고시생은 공부라는 목표 아래 주위 사람을 힘들게 하고 있었다. 자신이 세운 목표엔 모두가 그를 지지해줘야 하고 그의 비위를 맞춰줘야 한다고 생각했다. 약속을 잡았다가도 기분이 내키지 않으면 데이트 도중에 자리를 떴다. 그러면 디자이너 아가씨는 며칠 동안 꼬박 기다려 온 데이트였지만 순순히 그의 기분에 따라줄 수밖에 없었다.

처음엔 자신이 정말 고차원적이고 목표가 분명한 남자를 만났으니 다행이란 생각도 들었지만 차츰 이런 생활이 얼마나 불편한 것인지 깨달았다. 관계가 지겨워지기 시작했고 만남이 부담이 되었다. 야망마저 이 마을답지 않은 멋진 남자가 아닌, 야망만 이 마을답지 않은 형편없는 남자로 느껴졌다.

주인아줌마는 이 말을 끝으로 말을 아끼기로 했다. 디자이너 아가씨에게서 더 들은 얘기가 있긴 하지만 이는 자신이 판단해보아도 상당히 편파적인 얘기였기 때문이다.

이야기가 막을 내려가고 있을 때 빗방울이 잠잠해지기 시작했고 저 멀리서 고시생의 소란이 한 번 더 들려왔다. 절규가 끝나가는 모양이었다. 그의 발악은 꼭 날씨처럼, 마지막에 더욱 기승을 부리다 잠잠해졌다. 구름이 바로 갠 건 아니었지만 먹구름이 차츰 어디론가 흘러가고 있었다. 이후 고시생의 소란이 몇 번 더 계속됐지만 이내 잠잠해지기 시작했다.

혹시나 또 술심부름을 시킬까 빗방울이 도드라지기 전 이미 멀찌감치 도망 나왔던 문방구가 가기 싫은 발걸음을 억지로 옮기며 집을 향했다. 하지만 집 주위 사방이 고요했다. 술고래가 벌써 자나 싶었는데 술고래는 집에 없었다. 편지 한 장, 아니 몇 글자 쓰여 있는 종이 한 장이 덩그러니 놓여 있었고 아무도 없었다.

제보자는 누구야?

또 속고야 만 것인가?

김 피디는 너무 화가 나 휴대전화를 내던지며 차 안에서 온갖 욕설을 내뱉고 있었다. 바로 어제부터 제보자와의 연락이 끊겼기 때문이다. 마지막 통화를 걸어 보았지만 이전번의 사내아이 목소리는 들을 수 없었다. 무미건조한 발신음만 뚜- 뚜- 들릴 뿐이었다.

어느 정도 예상했던 바였지만 이번엔 꽤나 타격이 컸다. 서북 변두리 마을 이곳은 예상했던 것보다 훨씬 더 추운 지방이었기 때문이다. 일이 오래 걸리진 않을 것이라 생각하고 별반 다른 짐을 싸들고 오지 않은 김 피디는 추위와 거짓 제보 속에서 몹시 분개하고 있었다. 제보자가 남자아이였다는 것이 문제였을까, 아니면 왠지 모르게 미심쩍어 자신이 서두르지 않았던 탓이었을까? 제보자 남자아이는 더 이상 김 피디의 전화를 받지 않았다. 어제만 해도 벌써 다섯 통의 전화를 걸었고 오늘까지 꼬박 스무 통의 전화를 걸었다. 역시 공갈 제보였나? 처음엔 홀가분히 마음을 접고 내일은 철수 준비를 하려던 찰나에 오늘 아침 보도국장에게 부재중 통화가 와 있었다. 목소리를 가다듬고 다시 전화를 하려다 그다음 국장에게서 온 문자 메시지를 보았다.

'언론사 모두 대거 수배 착수. 반드시 말하는 눈사람을 우리가 찾을 것!'

하늘이 무너져 내리는 기분이었다. 그 뒤로 또 한 통 장문의 메시지에는 '말하는 눈사람이 있든 없든 중요치 않습니다. 온 국민의 관심이 그곳에 있다는 것이 중요하다. 그것이 진실이면 우리가 데려와 방송을 하는 것이고 거짓이면 이 거짓 소문의 출처가 어디이며 왜 그런 이야기를 꾸며내었는지를 밝혀야 한다. 그리고 그건 꼭 우리 방송사에서 해야 합니다.'라 쓰여 있었다. 국장 특유의 목소리가 덮어지면서 마치 귀 옆에 대고 큰 소리로 또렷하게 말하는 듯싶었다.

보도국장은 말을 하다 조바심이 나면 반말과 존댓말을 적절히 섞는 버릇이 있었다. 그건 그의 꽤나 오래된 버릇 중 하나로 수석 연출 시절부터 늘 봐왔던 모습이었다. 김 피디가 갓 입사한 조연출 시절부터 보도국장은 후배 피디들의 품행이나 업무가 탐탁지 않으면 늘 그렇게 혼내곤 했다.

"여러분 그렇게 하시면 안 돼. 째는 거야? 본인이 피디라고 현장에서 다른 스태프들 무시하면 큰일 못 합니다. 연출은 팀의 장이에요. 호흡을 맞춰야지."

늘 처음은 이렇게 조곤조곤 타이르는 식이었다. 처음 국장에게 혼났을 적엔 김 피디는 그가 제법 경우가 바른 사람이라 느껴졌다. 아랫사람을 혼낼 때도 늘 경어를 빼놓지 않는 그의 모습이 닮고 싶기까지 했으니. 하지만 혼나기 시작한 지 한 20분까지만 그런 생각이 들었고, 한 시간 이상을 혼나고 있으면 경우고 뭐고 간에 차라리 욕 한 바가지 시원하게 먹고 그냥 끝냈으면 좋으련만 하는 생각이 굴뚝하게 들었다. 국장은 늘 본인이 말을 하다 자기감정에 못 이겨 말을 길게 하는 버릇이 있었기 때문이다. 했던 얘기를 한 서너 번쯤 더 하고 나서야 겨우 용서받을 수 있었다.

스물한 번째 전화를 받지 않으니 하늘이 노래지는 기분이었다. 지금 이곳에서 다시 방송국까지 가는 데 8시간은 족히 걸리겠지. 김 피디는 스물한 번째 전화를 끊고 다시 국장이 보냈던 문자 메시지를 찬찬히 뜯어 살폈다.

'언론사 모두 대거 수배 착수.'

유독 처음 보냈던 메시지의 앞 문장이 마음에 걸렸다. 다시 한 번 살펴보니 앞의 첫마디가 방송사가 아닌 언론사로 쓰여 있었다.

김 피디는 더욱 마음 졸일 수밖에 없었다. 만일 그것이 방송사였다면 그나마 한번 붙어 볼 만했지만 언론사라는 것은 신문 기자들까지 포함했기에 상대하기 버거웠다. 기자 출신 언론인들은 경찰서를 밥 먹듯 드나드는 사람들이라 사람이나 대상을 찾는 일엔 타의 추종을 불허했기 때문이다.

촌각을 다투는 싸움이 시작되었다는 것을 직감했다. 이제 더 이상 무의미한 전화는 돌리지 않기로 했다. 어떻게 해서든 이 정글 같은 조직 세계에서 살아남아야 한다. 우리가 가젤이든 표범이든, 살기 위해선 상대보다 더욱 빨리 달려야 하는 법.

김 피디는 남들보다 더욱 빨리 달릴 수 있는 법을 생각해내야 했다.

하나님을 만나러 간 눈사람

마을 사람들은 오늘도 어김없이 귀 따가운 자명종 소리에 깨어 분주한 아침을 맞았다. 시내로 나가는 아가씨들, 어중간하게 볼일을 끊고 화장실을 급히 나서는 학생들 모두가 또다시 내일의 알람 소리를 기대하며 서두르고 있었다.

지난 밤 소란스럽게 주인아줌마와 다퉜던 아저씨는 아침 일찌감치 집을 나섰다. 주인아줌마가 꼴도 보기 싫었던 것인지 부지런히 할 일을 찾던 그는 아침 댓바람부터 전기톱 날을 갈기 시작했다. 며칠 전 비 오던 날에 미처 전기톱과 날들을 공구함으로 피신시켜 놓지 못해 그것들은 금세 녹이 슬어 있었다. 예리하던 날 끝도 많이 무뎌져 부득이 부지런 떨 수밖에 없는 하루였다.

조그맣고 협소한 다락방에서 하루 온종일 마음 졸이던 눈사람과 쇼펜쥐도 집안 분위기를 잠잠히 살피며 고개를 드러냈다. 요새 들어 주인 부부의 다툼이 잦아지고 있어 눈치 보는 일이 보통 힘든 게 아니었다.

세상이 이렇듯 역동적이고 바쁜 와중에도 한가한 사람은 있었다.

오늘도 아침 조회하기 전 아이들 머릿수를 셈하던 담임선생님은 한 녀석이 또 오지 않았음을 눈치챘다. 사실 이는 이미 알고 있던 일이다. 벌써 며칠째 결석하던 녀석이라 교실에 들어오면 대번에 녀석의 자리부터 눈에 들어왔기 때문이다.

문방구가 학교 다니기 싫어한다는 사실은 이 동네 누구나 알고 있는 사실이지만 지금껏 이렇게나 오랫동안 결석한 것은 처음이었다. 벌써 일주일째 녀석이 보이지 않고 있다. 어디 몸이라도 몹시 아픈 걸까? 하지만 녀석의 담임은 그에 대해 별로 신경 쓰고 있지 않았다. 외려 그 녀석만 없다면 자신이 맡은 반에 사소한 문젯거리도 덜할 것이고, 종종 수업 시간에 어이없는 질문을 던져대며 분위기를 해칠 녀석도 없어지니 차라리 없는 편이 나았다.

벌목장에 들어선 아저씨는 조심스레 전기톱에 시동을 걸었다. 물 먹은 엔진을 더운 공기에 한 시간가량 쪼이니 작동하는 데 문제가 없었다. 하지만 지난밤 비가 올 적에 나무들이 흠뻑 그 습기들을 소화하느라 오늘은 애로사항이 이만저만 아니었다. 눈에 익혀 두었던 서너 그루의 나무 전부가 다 먹통이었다. 사실 이런 날에 일을 계속하는 건 무리가 있다. 대장날이 나무 중앙 깊숙이 들어갈수록 온갖 수액이 뿜어져 나왔기 때문에, 미끄러워지는 손잡이도 문제였지만 아주 간혹 있는 감전의 문제도 있었고 수분과 튀어져 나오는 나무 톱밥들이 눈이나 코에 박힌다면 심각한 부상을 일으킬 수도 있었다.

하지만 비 오는 요 며칠 동안 일을 할 수 없어 그동안에 밀린 잔무가 많았다. 그래서 지금은 이러지도 저러지도 못하는 아주 난처한 상황이 되고 말았다.

오두막집 안, 눈사람과 쇼펜쥐는 세상 사람들과 다르게 아주 한가한 오후를 보내고 있었다. 오늘은 화롯가에 불을 땔 수 없었는데 주인아저씨가 며칠 동안 일을 못 하여 마땅히 땔감으로 쓸 나무 따위가 없었기 때문이다. 주인아줌마와 쇼펜쥐는 확연히 떨어진 집 안 온도 탓에 어쩔 수 없이 옷을 꽁꽁 싸매어 입었지만 눈사람은 오늘 같은 날이 참 편했다.

주인아줌마는 흔들의자에서 분홍 털실로 스웨터를 뜨고 있었다. 옷의 둘레와 소매 폭으로 보아 쇼펜쥐가 입기엔 너무 커 보였고 주인아저씨가 입기엔 작아 보이는 어중간한 옷이었다.

"아줌마. 이 스웨터는 아저씨 건가요?"

참다못한 쇼펜쥐가 결국엔 묻고 말았다. 주인아줌마는 슬며시 웃으며 고개를 저었다.

"이 스웨턴 눈사람을 위해 만드는 옷이란다. 원래 우리 사람이란 게 그렇단다. 꼭 옷을 입기 위해 만드는 건 아니지. 때론 마음으로 입으려고 만드는 옷들도 많단다."

주인아줌마는 예전 디자이너 아가씨가 해주었던 말이 떠올라 들었던 그대로 말해주었다. 하지만 눈사람과 쇼펜쥐는 그 옷이 어쩐지 아깝단 생각이 들었다. 분홍색 모사로 만들어진 그 스웨터는 누가 보아도 아주 곱고 예뻤기 때문이다.

수준급으로 구사하는 주인아줌마의 실 다루는 솜씨를 감상하고 있는데 바깥에서 익숙한 목소리의 아이들이 수군거리는 소리가 들렸고 창문에선 작은 돌 부딪히는 소리가 들렸다. 처음엔 우연이려니 넘겼지만 계속되는 소음에 결국 바깥으로 나가볼 수밖에 없었다. 나가보니 앙칼진 여자아이와 쪼그려 숙제하던 남자아이가 허름한 나무 한 그루에 숨어 몰래 출입문을 지켜보고 있었다. 쇼펜쥐가 짜증이 한껏 섞인 말투로 뭐하는 짓이냐고 따지고 들었다.

"문방구를 찾으러 왔어."

"왔으면 벨을 누르지 그랬니? 창문이 깨질 수도 있잖아."

쇼펜쥐와는 다르게 눈사람이 다독이듯 말했다.

"싫어. 소문이 나쁜 부부를 마주칠 수도 있잖아."

"그딴 말 지껄일 거면 그냥 가지? 이 몸은 빈둥거리느라 바쁘거든."

"누군 여길 찾아오구 싶어 온 줄 알아?"

앙칼진 여자아이가 쌀쌀맞게 응수하는 쇼펜쥐에 더욱 쌀쌀맞게 냉대하며 봉투 하나를 꺼냈다. 한눈에 봐도 오기 싫었던 게 확 티가 났지만 담임선생님의 말씀에 괜한 토를 달아 문제아로 찍히고 싶진 않았던 모양이다.

"자- 이거 가정통신문이야. 문방구한테 전해줘."

"뭐어- 그걸 왜 우리가 전해줘? 문방구는 여기에 살지도 않아. 너희도 걔네 집이 어딘 줄 알잖아?"

"그래, 알구 말구. 하지만 우린 거기 안 갈 거야. 무시무시하고 더럽고 지저분해 거긴."

"그래서 어쩌라고. 너희들 일은 너희들이 알아서 해."

"그럼 버리든가 말든가 너희들 알아서 해!"

생떼를 부리며 던지듯 가정통신문을 넘긴 여자아이가 뒤돌아 서둘러 자리를 떠나려 했다.

"왜 문방구에게 전해 달라는 거니? 학교에 가지 않았니?"

뒤돌아선 아이들에게 눈사람이 걱정스레 물었다.

"그래. 바보 같은 녀석이 벌써 일주일 동안 학교에 오지 않았어."

이에 남자아이가 답했다. 눈사람은 왜 문방구가 학교에 오질 않았는지 좀 더 꼬치꼬치 캐물었다.

"왜긴 왜겠어? 한두 번도 아니구 보나마나 티비를 보다 늦었거나, 한번 결석하고 뒷감당이 무서워 안 오는 거겠지. 내일은 수학 시험이 있는 날이야. 선생님이 내일도 학교에 오지 않으면 부모님하구 상담 전화할 거란 얘기도 전해 달랬어."

"그러니깐 너희들이 전하라고. 왜 바쁜 사람한테 오라가라야!"

"사람? 말을 할 줄 안다고 다 사람이니? 지저분한 생쥐가."

아이들은 부탁하는 것으로도 모자라 있는 성질 없는 성질 다 돋워 놓고 홀연히 마을로 내려갔다. 뒤도 돌아보지 않고 철딱서니 없이 걸어가는 녀석들의 뒷모습이 여간 미운 게 아니었다.

나쁜 자식들! 한참이 지나서까지 쇼펜취는 분이 풀리지 않아 아이들이 떨궈 놓은 가정통신문을 세차게 밟으며 분풀이하고 있었다. 한껏 밟아 놓자 종잇장이 너덜너덜해졌다. 옆에 있던 눈사람은 조심스레 앙상한 나뭇가지 팔로 그걸 주워들었다.

"그딴 걸 뭐하러 주워든 거야? 너 진짜로 그 녀석한테 전해 줄 건 아니지?"

"일주일 동안 학교에 나오지 않았대. 어디 아픈 거면 어떡해. 일주일 동안 쫄쫄 굶고 있다가 병이라도 났으면 어떡하니?"

"그래서 뭐, 뭐, 뭐!"

이번엔 쇼펜쥐가 막무가내였다.

문방구는 촌구석 마을 가운데서도 가장 촌스럽고 낡은 집에 살았다. 불규칙한 시멘트질, 난장판이 돼 버린 집 주변, 이 빠진 창문들은 녀석이 얼마나 가난하게 살고 있는지 대번에 알게 해주었다.

집은 텅텅 비어 있었다. 문방구의 집 뒤론 아주 작은 산이 보였는데 경관은 별로 좋지 않았고 무시무시한 느낌만 증폭시키고 있었다. 마을에서 가장 인적이 닿지 않는 곳이라 헛헛하다 못해 괜한 소름이 돋기도 했다.

고요한 정적을 깨고 눈사람은 조심스레 발자국을 옮겼다. 슬쩍 문을 열어보니 역시 예상대로 사람은 없었다. 분명 문방구에게 아버지가 있다고 들었는데, 그리고 그 아버진 늘 집에만 있다고 들었는데 잠시 자리를 비운 모양이었다. 하지만 문방구의 아버지가 잠시가 아닌, 영원히 자리를 비웠다고 알아차린 덴 그리 오랜 시간이 걸리지 않았다.

추잡스럽게 쓰레기로 뒤덮인 방 한가운데 몇 글자 쓰여 있는 종이 한 장이 유난히 도드라지게 보였다. 물에 젖었다 마른 느낌의 종이는 군데군데 얼룩져 있었고 종이 비린내가 물씬 풍겨 왔다. 쇼펜쥐와 눈사람은 서로 약속이라도 한 듯 조심스럽게 그 종이에 다가가 주워들었다.

'애비는 할 만큼 했다.'

쓰여 있는 한 문장은 무책임이란 뜻으로 와 닿았다. 유난히 후각이 발달한 쇼펜쥐는 종이 비린내가 다시 한 번 더 코끝을 찔렀을 때, 보지 못했던 상황들을 머릿속에서 그려 버리고 말았다. 종이는 하늘에서 내린 비로 젖지 않고 사람 눈에서 내린 비로 젖었다. 고독하고 원망을 담은 눈물이 지독히 서러운 냄새를 풍겼다.

"누가 함부로 들어오래?"

가뜩이나 긴장하고 있던 터에 쇼펜쥐와 눈사람은 화들짝 놀라고 말았다. 문앞에 선 문방구는 마치 자신의 알몸이라도 들킨 양 다급히 화를 내었다. 어떻게 된 일이니? 따뜻한 위로를 건넨 건 눈사람이었다.

"말을 해보라고 멍청아."

쇼펜쥐는 시큰해지는 자신의 눈시울을 애써 모른 척하며 더욱 세게 몰아붙였다. 그러자 한껏 성질을 세우던 문방구도 잠잠히 말을 이었다.

"다 봤으면서 뭘 또 물어? 우리 집 술고래가 집을 나갔지. 정말 다행인 일이야. 너희들은 내가 이 순간을 얼마나 기다렸는지 모를걸."

"앞으로 어떻게 할 계획인데?"

눈사람의 물음에 문방구는 흠칫 놀랐다. 녀석도 딱히 앞으로의 대비 따윈 안중에도 없었기 때문이다.

"계획? 이제야 겨우 자유를 갖게 됐는데 또 계획을 세워 노예처럼 살라구?"

"오늘 너희 반 아이들이 찾아왔어. 내일은 수학 시험이 있는 날이래. 내일도 안 오면……."

눈사람은 차마 부모님과 상담하겠다는 담임선생님의 말을 전할 수 없었다. 하지만,

"부모님과 상담하겠다구? 매번 듣는 말이야. 하지만 어쩌겠어? 난 이제 상담할 부모도 없지. 지긋지긋한 학교. 당장 학교부터 나가지 않을 거야."

"학교에 다니지 않으면 어쩌겠다는 거야?"

또다시 쇼펜쥐가 따지듯 물었다. 주위가 잠잠해졌다. 문방구는 잠시간 생각에 잠겼다. 하지만 오랜 시간이 걸리지 않았다.

"난 하나님을 만날 거야. 그래서 나는 기도를 해야만 해. 하나님은 예배와 기도를 드릴 때마다 우릴 만나 주시는 신이거든. 너희는 예배가 뭔지 모르는구나? 예배는 사람들이 천국에 가기 위해 늘 자기 잘못한 것을 반성하는 일이야."

천국? 신앙의 세계는 눈사람에게 정말로 생소했다. 자꾸 물을수록 더욱 신기한 단어들이 사방에서 튀어나왔기 때문이다. 문방구는 온갖 제스처를 동원해가며 천국과 지옥의 세계에 대해서 장황한 설명을 해

야 했다.

문방구는 눈사람에게 왜 우리가 하나님을 꼭 유일신으로서 숭배해야 하며, 또 그러지 않는다면 우린 어떤 벌을 받게 되는지 아주 낱낱이 설명하고 있었다. 문방구는 말을 하는 와중에 몇 번이나 사악한 악마가 되었다가도 또 가끔은 온화한 표정의 천사가 되기도 했다.

많고 많은 얘기들 중에 나약한 다윗이 육중한 골리앗을 어떻게 무찔렀는지에 대해 설명할 땐 잠시 눈사람의 앙상한 나뭇가지 팔을 빌려 골리앗이 되기도 했다가, 또 주변의 돌멩이를 하나 집어 들고 허공 멀리 던지며 다윗의 심정을 아주 세밀하게 표현하기도 했다. 평소 무슨 얘기든 심드렁하던 쇼펜쥐도 매우 흥미롭게 그 이야기에 집중하고 있었다.

눈사람의 애절한 부탁에 문방구는 한 번 더 모세의 출애굽 얘기를 세밀하게 설명해주었고 그렇게 구약의 얘기들이 끝나는 듯싶었다. 그런데 갈라진 바다를 이스라엘 사람들만 건넜고 애굽의 군대는 처절한 죽음을 면치 못했다는 대목에서 쇼펜쥐가 의문을 품기 시작했다.

"뭐 또 죽어? 또 하나님이 죽인 거야? 도대체 왜 하나님은 자기를 안 믿으면 다 죽여 버리니?"

"하나님을 안 믿는 건 엄청난 죄니깐 그러지."

"인간을 그렇게 잡아다 죽이니깐 사람들이 안 믿지."

"그래 문방구야. 나도 쇼펜쥐랑 같은 생각이야. 너 뭔가 잘못 알고 있는 거 아니니? 악마 얘기를 하나님 얘기랑 헷갈린 거 아니니?"

쇼펜쥐의 한마디에 문방구는 기운이 풀려 버리고 말았다. 그래서 얼른 방금 자신이 해준 얘기는 지어낸 이야기가 아닌 성당에서 신부님과 수녀님에게 들을 얘기라 말해주었다. 그리고 신부님과 수녀님이 얼마나 성스러운 일을 하고 있는지도 빠짐없이 일러주었다.

"신부나 수녀는 아무나 될 수 있는 게 아니고 하나님이 선택하는 거야."

"하나님이 선택을 했다구? 그럼 왜 그 사람들을 선택했지? 아무나 선택하는 거니?"

쇼펜쥐가 쏘아대며 물었다.

"하나님은 항상 준비된 사람들을 선택하신다. 신부나 수녀는 아무나 될 수 있는 게 아니야. 신부나 수녀님들은 애도 가질 수 없구 결혼도 할 수 없다."

문방구의 말에 쇼펜쥐와 눈사람은 너무 놀라 두 눈 동그랗게 뜨고 동시에 물었다.

"그건 말이야. 선택받은 사람들이기 때문이야. 선택받은 사람들은 꼭 하나님의 말씀만 전하며 살아야 하거든."

쇼펜쥐와 눈사람의 놀란 표정을 보니 문방구는 외려 기분이 좋아졌다. 비로소 자신의 말을 믿어주는 것 같았기 때문이다. 이쯤 되자 눈사람은 더욱 궁금해져 참을 수가 없었다. 단지 선택을 한 것으로 한 사람의 일생을 좌지우지할 수 있는 더욱 거대한 존재의 진실이 궁금했다. 만약 그 절대자를 만나게 된다면 지금 자신이 고민하는 모든 문제는 금방이라도 해결될 것 같았다. 그래서 그를 만나 지금 자신을 아예 벚꽃으로 다시 만들어 달라 말하고 싶었다. 자신이 아예 벚꽃으로 태어난다면 소녀를 찾아 떠날 일도 없었고 외려 소녀가 자신에게 안달할 것 같았기 때문이다.

"쇼펜쥐야. 아무래도 나는 벚꽃보다 하나님을 먼저 만나야겠어. 네 말이 맞아. 나는 길을 모르니 무작정 남쪽으로 간다면 분명 남극에 도착할 거야. 그리고 그곳에 사는 흰곰을 만나게 되겠지."

문방구는 눈사람의 말을 듣고 그만 웃음이 터져 나왔다.

"눈사람아. 하나님은 절대루 만날 수 없는 분이야. 하나님은 우리 눈엔 보이지 않지. 우주 어디엘 가도 하나님을 절대 만날 수 없다."

"뭐, 그런 게 어디 있어? 있으면 만날 수 있는 거지, 있는데 왜 만날 수 없어?"

쇼펜쥐가 미심쩍은 듯 되받아쳤다.

"바보야. 있다고 해서 다 만날 수 있는 건 아니야. 있어도 만날 수 없는 게 더 많아."

"순 공갈꾼 같으니라고. 나는 애초에 네 말을 믿지 않았다. 도대체 있으면 만나는 거지, 왜 만날 수 없다고 거짓말이야. 원래 없는 거지? 없는 걸 있다고 거짓말했으니 못 만난다는 거지?"

문방구는 쇼펜쥐에게 있어도 만날 수 없는 것들이 이 세상에 무척이나 많음을 설명해 주고 싶었지만 마음처럼 되지 않았다. 그러자면 자신의 엄마 얘기를 꺼내야 하지만 도통 그럴 용기가 나지 않았던 것이다.

말이 오갈수록 쇼펜쥐와 문방구 두 녀석의 목소리가 커져갔다. 그 둘은 신이 있는가, 없는가에 대해서 매우 거친 토론을 이어갔다. 처음의 한두 마디는 아이들 시답잖은 말싸움 정도였지만 시간이 지날수록 대화는 점점 진지해져 갔고 급기야 어떤 질문은 꽤나 철학적이기도 했다.

"그러면 설명해봐. 하나님이 없다면 사람들이 어떻게 태어날 수 있겠어?"

"이 맹추야, 사람은 원래부터 있었던 거야."

"뭐 원래부터? 세상에 원래부터 있는 게 어디 있어. 거 봐. 설명 못하지? 사람은 하나님이 만든 거야. 아담과 하와를 만들고 우리 사람을 만든 거야. 이 바보야."

"오- 그러니? 그렇다면 하나님은 누가 만들었니?"

"뭐? 하나님을 만들어? 푸하하핫, 이 바보야. 하나님은 원래 있었던 거야."

"원래 있었던 건 없다면서 왜 하나님만 원래 있었냐?"

"야! 하나님은 신이잖아. 신은 원래부터 있는 거야."

"그러니깐 하나님을 만든 하나님은 도대체 누구냐고, 또 그 하나님을 만든 하나님은 누구고! 하나님들은 왜 그렇게 만드는 걸 좋아하지? 솜씨가 그렇게 좋나?"

그러다 대화는 결국 누가 더 소리를 크게 지르나 시합으로 변해갔고 서로 아주 큰 목소리만 들릴 뿐 별 진전이 없었다. 그 대화가 어쩐지 어른을 닮아 있었다.

"그래, 그럼 너만 믿지 마라. 너는 하나님을 믿지 않으면 지옥에 가게 된다는 걸 모르지?"

"지옥은 무슨. 애초에 천국과 지옥이 있다면 사람이 한 명두 없는 곳이 천국이겠지. 너는 사람들이 동물을 얼마나 끔찍하게 대하는지 모르지?"

쇼펜쥐의 냉소적인 한마디에 옆에 있던 눈사람도 덩달아 눈이 휘둥그레졌다. 쇼펜쥐와 눈사람은 눈이 마주쳤다. 눈사람의 놀라는 표정 앞에 더욱 의기양양해진 쇼펜쥐가 목을 한껏 빼며 설명을 늘어놓았다.

"물론 나는 사람이 동물을 학대하는지 전부 알고 있다. 그건 내가 아마 동물로 태어났기에 다른 동물들과 대화할 수 있어서 그런지도 모르지. 동물은 마구 잡아다 죽여도 된다구? 그래, 그래, 그러시겠지. 사람이 아니니 막 잡아다 죽이고, 고기를 뺏어도 천국에 갈 수 있겠지. 인간이 하나님에게 유일하게 고마워해야 할 게 있다면, 동물이 언어를 갖지 못했다는 거야. 안 그랬다면 살려 달라 애원하는 돼지를 어떻게 죄책감 하나 없이 죽일 수 있겠어?"

문방구는 아무 말도 할 수 없었다. 동물들이 자기가 가진 고기 탓에 어떻게 죽어가는지를 너무나 잘 알고 있었기 때문이다. 하지만 이제 더 이상 물러날 곳도 없었다. 어차피 가진 것도 마땅치 않아 이 이상 잃을 것도 없었기 때문이다.

"좋아. 그렇담 하나님을 보여주지."

"뭐? 하지만 방금까지 하나님은 볼 수 없는 존재라 말했잖니?"

"까짓것 보여주면 되지. 보여주면 암말 하지 마."

납치된 아이들

남들보다 더 빠르게 달릴 수 있는 방법은 생각보다 일찍 그를 찾아와 주었다. 아니 비록 시간은 일렀을지 모르나 그 짧은 시간 안에 김피디가 겪었던 정신적 외상을 감안하면 그것이 꼭 빠른 것만도 아니었다.

어제 아침 그는 모처럼 두 아이의 아빠 노릇을 했었다. 평소라면 귀찮았을 테지만 유난히 힘들 적마다 가족들의 얼굴이 애절했다. 어쩌면 그 두 아이와 잔소리 많은 아내 덕에 이 지독한 삶의 무게를 버티고 있는지도 모른다.

여느 때처럼 설정해 놓은 휴대전화 알람 소리에 그는 아침잠에서 깼다. 휴대전화를 켜보니 동영상 메시지가 한 통 와 있었다. 이제 막 초등학교에 입학한 첫째 녀석과 이제 막 어린이집에 등록한 네 살배기 둘째가 보내온 메시지였다.

동영상엔 두 아이가 한참이나 서 있다가, 주저하다, 서 있다가, 주저하기를 반복하고 있었다. 자신을 위해 무언가를 준비한 것 같았는데 막상 멍석을 깔아주니 영 민망한 눈치였다. 결국 동영상 촬영을 하던 엄마가 한두 마디씩 채근하기 시작했다.

"한영아 얼른 해봐, 동생 데리고. 아까 왜 잘했잖아."

한눈에 봐도 오빠처럼 보이는 아이가 유난히 몸을 꼬며 하기 싫은 눈치를 보이고 있었다. 철모르는 꼬마 여자아이는 뭐가 뭔지도 모른 채 헤벌쭉 웃고 있었다.

그 뒤로 엄마의 재촉이 몇 번이나 더 있고 나서야 그 둘은 단정하게 서서 율동을 하며 노래를 불렀다. 아빠 힘내세요- 우리가 있잖아요.

귀에 익숙한 노래가 휴대전화에서 울려왔다. 무엇인가 했더니 아이들이 자신을 위해 노래를 준비했던 것이었다. 김 피디는 동영상이 다 끝나고 나서도 한참을 휴대전화 화면만 뚫어지게 쳐다보았다.

'모르나 본데 이 아빠는 너희들 때문에 힘든 거란다…….'

무심코 이렇게 답장을 보내려다 다행스럽게도 번뜩 정신이 들었다. 저질스러운 의도가 담긴, 농담을 가장한 진담은 그를 공감할 만한 비슷한 나잇대의 어른들 앞에서만 통했다. 때론 이 세상이 불편한 진실보다 억울한 거짓말을 원할 경우가 더 많았기 때문이다.

전화를 걸어 보니 아내가 받았다. 아이들의 안부를 묻자 모두 학교 가고 어린이집 갔다는 대답이 들려왔다. 아내는 김 피디에게 밥을 먹었는지 물었다. 먹었노라 대답하는 김 피디의 다른 손엔 삼각 김밥이 들려 있었다.

"요즘 회사에 무슨 특종이라도 떴어? 며칠째 출장이래. 아직도 말하는 눈사람 찾는 거야?"

"복잡하게 됐어 뭐."

"일 해결되면 얼른 집으로 와요. 쇠고기 재놨어."

하고 싶은 말이 너무 많았지만 이미 지칠 대로 지친 남편의 목소리에 아내는 더 이상 묻지 않았다. 전화를 마친 김 피디는 멍하니 여관방 창문 밖의 둥그런 해를 바라보았다. 아직 세상모르는 자기 자식들도 언젠간 이 기분을 알게 되겠지.

'고마워 우리 아들, 딸. 아빠 지금 열심히 일하고 있어. 얼른 들어갈게.'

마지막으로 그는 아내의 휴대전화로 메시지를 남겨 놓았다.

그 일이 있던 어제까진 사실 아무런 성과도 낼 수 없었다. 화요일이 된 오늘 아침, 그는 여전히 휴대전화 알람 소리에 잠에서 깼고 누적된 피로와 안구건조증을 극심하게 느끼고 있었다. 오늘은 방 안 냉장고에 있던 우유를 꺼내 들었고 그 위에 있던 시리얼 한 움큼을 일회용 그릇에 담았다. 시리얼에 우유를 부으며 낡은 종이 한 장을 주머니에서 꺼내었다.

그 낡은 종이엔 여러 가지 글자가 적혀 있었는데 어떤 문장은 쓰다만 것이었고 또 어떤 문장은 썼다가 펜으로 사납게 지운 문장이었다. 그나마 온전한 단어 3개 정도가 눈에 들어왔다.

'피로회복제 한 상자, 경찰서, 제보자와의 접촉'

평소 김 피디는 결코 사근사근한 인물이 아니다. 말 없는 자신의 모습 때문에 주위에선 그를 건방진 사람이라 말하는 이도 더러 있었으니. 그런 그가 용기 내어 인근 가장 큰 경찰서에 찾아가게 되었는데 경찰서 안의 빽빽한 분위기에 그날 아침 먹었던 시리얼이 올라올 지경이었다.

"반장님, 수사과장님 어디 계십니까?"

한눈에 봐도 가장 어려 보이는, 그래 봐야 30대 중반 정도로 보이는 한 남자가 급하게 반장에게 물었다.

"낸들 아나? 직통 연결해봐."

"했는데 안 받는데요?"

서 안은 전쟁터를 방불케 할 만큼 북적이고 있었다. 어렵사리 용기 내 찾아온 그에게 누구 하나 관심을 가져 주는 이가 없었다. 피로회복제를 왼쪽 겨드랑이에 끼고 민망하게 서 있던 김 피디는 십 분이 지나도 아무런 반응이 없자 자신이 먼저 말을 걸어야겠다고 판단했다.

"저기, 안녕하세요 반장님. 방송국에서 나왔습니다만."

별말 아니었는데, 정말 별일 아니었는데, 어쩌면 말하는 눈사람을 아느냐는 다소 엉뚱한 질문을 하려 했는데 김 피디의 말에 순간 수사팀 전체가 쥐죽은 듯 조용해졌다. 김 피디 자신도 그 상황이 당황스럽긴 매한가지였다. 모두가 자신을 쳐다본다는 것을 느끼니 그다음 질문을 어떻게 돌려서 해야 할지 더욱 긴장되었다.

김 피디의 말을 들은 반장은 한 몇 초간을 멍하니 앉아 있다가 정신이 들었던지 자리에서 일어나 악수를 청했다. 그리고 부하 경찰들에게 눈짓과 손짓으로 '이 일은 내가 해결할 테니 얼른 일들이나 하라고' 하는 제스처를 보였다. 그리하여 수사팀은 다시 소란스러워졌지만 이전 만큼 시끄럽진 않았다.

김 피디는 방송국의 위엄이 이 정도인가 내심 속으로 뿌듯해하며 어쩌면 일이 생각보다 쉽게 풀릴 수도 있겠단 생각이 들었다.

"아니, 어떻게 벌써 방송국에서……."

반장은 극도로 민망해하며 멋쩍게 인사를 청했고 서로 통성명을 한 뒤에야 김 피디에게 자리를 권했다.

"방송국이 정보에 빠른 건 알았지만 그래도 어떻게 사건 발발 10시간도 안 돼서……. 조금 당황스럽네요. 저희 쪽에서도 아직 용의자를 물색하지 못했는데요."

확실히 반장은 김 피디를 어려워하고 있었다. 거기다 계속하여 김 피디가 알 수 없는 말만 늘어놓고 있었다. 김 피디는 여전히 의문스러워서 반장이 무슨 말을 하고 있는 것인가 최대한 이해하려 노력해 보았지만 아무것도 떠오르지 않았다.

"하지만 기자님, 유괴납치 사건은 보안이 생명입니다. 물론 아직까진 실종 사건이긴 하지만 그래도 꼭 엠바고를 지켜 주셔야 해요. 자칫하다가 유괴범을 자극하기라도 한다면 아이들의 생명은 장담할 수 없을 겁니다. 저희 쪽에서도 최선을……."

아무래도 반장은 김 피디를 기자쯤으로 생각하는 것 같았다.

"아니, 잠시만요. 유괴납치라니요?"

김 피디는 반장의 말에 너무 놀라 그만 말을 끊고 되물었다. 심장

뛰는 소리가 귀에 거슬릴 정도로 크게 증가했고 온몸의 피가 머리로 솟는 기분이었다. 다리가 후들거리는 기분을 겨우 자제하고 최대한 침착하게 말을 이으려던 찰나에 수사팀 경찰 한 명이 급하게 들어왔다.

"반장님, 아이들 부모님이 오셨는데요."

그리곤 뒤이어 여섯 명의 남녀, 세 쌍의 부부가 수사팀에 들이닥쳤는데 통곡하는 소리, 절규하는 소리, 이름을 부르는 소리가 뒤엉켜 다시 수사팀은 아수라장이 되고 말았다.

"그쪽이 반장님이세요? 아이들은요? 우리 아이들이 납치된 겁니까? 납치된 거라면 납치범은요."

폭포수같이 쏟아지는 질문에 엄마들의 울음소리까지 뒤엉켜 사태는 걷잡을 수 없었다. 김 피디는 지금 자신이 어디에 와 있는 것인가, 왜 와 있는가, 무엇을 해야 하나 등의 생각이 꼬이고, 꼬이며, 꼬여서 아무것도 할 수 없어졌다. 단지 말하는 눈사람의 행방을 찾기 위해 와 있던 이 자리에 실로 거대한 일이 터져 버렸기 때문이다.

"예, 우리 부모님들 일단 침착하세요. 이럴 때일수록 냉정해야 합니다."

반장은 격양되어 있는 부모들을 진정시키는 데 혈안이 돼 있었다.

"진정이라고요? 반장님은 이럴 때일수록 냉정하실 수 있습니까?"

반장은 무슨 말이든 내뱉을 적마다 피해자들의 핀잔과 삿대질을 감수해야 했다. 그러다 상황은 더욱 악화되어 반장이 무슨 말을 꺼내기도 전에 피해자 부모들이 윽박지르기 시작했다. 결국 반장은 가장 말단인 이 순경에게 부모들을 피해자 보호실로 안내할 것을 부탁했고 그러면서도 혹시 피해자들에게 시비가 걸리지 않도록 극존칭을 구사했다.

"이 순경, 지금 가족분들 피해자 보호실께 안내해드려. 피해자 부모님들 지금 수사 착수에 들어가고 있습니다. 일단은 과정을 지켜봐 주세요. 수사가 진전되는 대로 즉각 여러분께 알려드리시도록 하시겠습니다."

그래서 말이 아주 엉터리가 되고 말았다. 물론 아이를 잃은 부모들이 순순히 반장의 말을 따랐던 것은 아니다. 그 뒤로 몇 번이나 의미 없는 실랑이와 허망한 으름장이 더 있었고 이를 만류하는 이 순경은 손이 발이 되도록 빌며 부모들을 자제시켰다. 이상하게도 경찰들은 자신들이 도와주는 입장이었지만 죄를 뒤집어쓴 입장이기도 했다.

부모들이 피해자 보호실로 자리를 옮기자 수사팀에 아주 잠시간 정적이 흘렀다. 그것은 무거운 침묵이자 엄중한 책임감이었다. 물론 그런 마음 한편 아주 작은 곳엔 서운한 감정도 있었다.

"어떻게 된 일입니까?"

고요한 적막 속에 김 피디는 용기 내어 반장에게 물었다. 그 짧은 시간 속에 반장만 홀로 세월이 흘러 버린 것인지 늙어 버린 듯했다.

"세 명의 아이들이 실종되었어요. 어젯밤 10시경의 일이죠. 남자아이 둘과 여자아이 하나. 학원 가는 차를 기다리다 일이 벌어진 모양이에요. 그러니 실종시간은 오후 5시경으로 추측하고 있습니다."

반장이 담배 한 대를 물고 불을 붙였다. 그의 목소리는 순식간에 피곤에 찌들어 있었다. 그가 깊숙이 들이마시고 천천히 내뱉자 그의 얼굴 위로 담배 구름이 피어올랐다. 뭉게뭉게 핀 회색 연기의 냄새는 지독했다. 그러나 뚜렷한 방향성 없이 순전히 자기 가고픈 길로 뻗어 나가는 담배 연기가 자유로워 보여 부럽기도 했다.

"물론 현재로썬 단정하기 힘듭니다. 상황을 좀 더 두고 봐야 할 것 같아요. 하지만 유괴납치 사건이라면 진즉에 유괴범이 아이들 부모와 접촉을 했을 텐데 아직도 별반 소식이 없단 말이죠."

반장이 담배를 반쯤 태웠을 때 수사과장이 들어왔다. 반장은 서둘러 꽁초를 재떨이에 비볐고 자리에서 일어나며 아주 낮은 목소리로 김피디에게 일렀다. 말씀드렸다시피 유괴납치 사건은 보안이 생명입니다. 부디 꼭……. 그의 끝맺지 못한 말마디엔 참으로 많은 말이 담겨 있었다.

의도치 않은 유괴

"정말 하나님이 나오긴 하는 거야?"

"이 순 거짓말쟁이야. 벌써 새벽 두 시가 넘었어. 근데도 왜 하나님은 코빼기도 안 보이지?"

"어떡할 거야. 이 비겁한 자식아."

새벽 두 시 반의 성당. 앙칼진 여자아이와 덩치가 큰 아이 그리고 쇼펜쥐가 차례로 문방구에게 쏘아붙였다. 난 이제 아빠한테 죽었다 정말. 결국 앙칼진 여자아이는 주저앉아 울음을 터뜨리고 말았다. 주섬주섬 자신의 주머니에서 이미 구겨질 대로 구겨진 성적표를 꺼내어 보았다가 다시 더 큰 울음을 터트리고 말았다.

사실 아이들의 실종 사건이 눈사람과 아주 연관 없는 일은 아니었다. 이미 이 이야기의 끝을 알고 있는 쇼펜쥐는 눈을 부리부리 뜨며 문방구를 쏘아 보았고 문방구 또한 상상한 것 그 이상 최악의 상황이 벌어진 것에 대해 마땅한 대비책 따윈 없었다. 그래서 그에 대해 미안한 기색을 감출 수 없었다. 다만 눈사람은 모든 것을 믿고 있었기에 이제 곧 벚꽃을 볼 수 있단 기대와 희망에 부풀어 혼자 즐거웠다.

하나님이 성당에 출몰하는 시간은 밤 열두 시였고 성당은 열 시에 문을 닫으니 미리 들어가 숨어 있어야만 했다. 어른들의 눈을 속여 성당에 몰래 잠입하는 것도 문제였지만 절대적인 존재를 어떻게 꾸며대야 할지는 더 큰 문제였다. 그리고 그날은 이 겨울 꽃샘추위의 마지막 날이기도 했지만 이는 오직 절대자만이 알고 있었다.

길을 가다 무심코 특목고를 준비하는 삼인방을 만났다. 그들은 이전과 달리 매우 침울한 표정을 짓고 있었다.

앙칼진 여자아이는 주저앉아 울고 있었고 체격이 큰 중학생 아이는 먼 산만 바라보고 있었다. 쪼그려 앉아 숙제를 하던 아이는 무엇에 그리 겁에 질렸는지 얼굴이 새하얗게 질려 사색이 되어 있었다.

앙칼진 여자아이의 한 손엔 푸르스름한 종이 한 통이 들려 있었는데 그 위엔 성적표라 쓰여 있었다. 여자아이는 한 손으로 그 성적표를 꼬깃꼬깃 쥐어뜯으며 몹시 속상해하고 있었다. 아무래도 만족스러운 결과를 얻지 못한 듯싶었다.

단지 위로를 건네고 싶었을 뿐인데 눈사람은 얘기를 하다 그만 그들에게 하나님의 출몰에 관하여 누설을 하고 말았다. 그때까지만 해도 그 얘기는 눈사람, 쇼펜쥐, 문방구 세 친구들의 비밀이었다.

"뭐? 정말루 하나님은 기도를 다 들어주시니?"

앙칼진 여자아이가 먼저 물었다. 건강하지 못한 노인이 약장수의 말에 알면서도 속듯 그 셋은 눈사람의 말에 완전히 현혹되고 말았다. 물론 눈사람 자신도 그 말이 완전한 사실이라 믿고 있으니 이는 사실 속인 것이라 말할 순 없었다.

평소라면 그 누구보다 똑똑하고 야무진 아이들이었지만 그들이 가진 결핍이 그들을 바보로 만들었다. 눈사람은 앞으로 어떤 일이 벌어질지도 모르고 마냥 정말이라고, 거짓말 아니라고 앞장서 말하고 있었다. 난처한 것은 문방구뿐이었다. 일이 걷잡을 수 없을 만큼 커질 수도 있겠단 판단이 들자 문방구는 서둘러 변명거리를 둘러댔다.

"물론 내 얘기는 절대루 거짓말이 아니다. 하지만 하나님은 부끄러움을 많이 타셔서 이렇게 한꺼번에 사람이 많이 오는 것을 싫어한다."

앙칼진 여자아이가 유독 적극적이었다. 금방이라도 눈물을 쏟아 내릴 표정으로 통사정하고 있었다. 그것은 여자아이가 문방구에게 처음으로 건넨 따뜻한 한마디이기도 했다.

"미안하지만 오늘은 안 되겠어. 일단 오늘은 눈사람과 쇼펜쥐만 가야 해. 내가 다음에 꼭 약속할게."

"제발 부탁이야 문방구야. 난 오늘 집에 들어가면 엄마, 아빠한테 크게 혼이 날 거야. 특히 아빠는 날 죽일지도 몰라. 다음번에도 이런 성적을 받아 오면 그땐 날 내쫓겠다고 하셨어."

쪼그려 앉아 숙제를 하던 아이도 이 옆에 가세하여 애원해댔다. 그 중 유일하게 덩치가 큰 아이만이 나이가 들어서인지 문방구의 말을 신뢰하지 않았다. 녀석은 계속 미심쩍어 도무지 믿을 수 없다는 표정을 지으며 옆에서 빈정거리고 있었다.

"아니야. 정말이야. 하나님은 우리 기도를 모두 들어 주신다구."

"내가 아는 것과 조금 다른데? 우리 엄마, 아빠는 그런 거 절대로 믿으면 안 된다 했거든. 그래서 교회나 성당 같은 덴 절대 얼씬도 하지 말라 신신당부를 했어. 너 거짓말이지?"

덩치 큰 아이의 추궁이 오히려 큰 화를 불렀다. 녀석은 확실히 다른 아이들보단 이성적이었지만 그렇다고 하여 그가 평소에도 늘 야무진 건 아니었다. 이는 외려 문방구의 자존심만 건드려 녀석의 오기를 더욱 자극하고 있었다.

"그게 거짓말이 아니라구? 그러면 너는 왜 하나님께 기도드리지 않았지? 네가 만일 하나님을 본 적이 있다면 진작 기도를 올리고 더 부잣집 아들로 태어났을 수도 있는데 말이야."

덩치 큰 아이의 질문은 더욱 집요해졌다. 그뿐만 아니라 이는 매우 인신공격적이기도 했다. 아버지와 단둘만 사는 문방구의 치부를 교묘하게 빈정거리며 시비를 걸어 온 것이기 때문이다. 게다가 지금은 그 아버지마저 집을 나간 처지였기에 그 말이 문방구의 가슴에 더욱 큰 생채기를 내며 박혔다.

"믿기 싫음 안 믿으면 그만이지. 왜 듣기 싫은 소리를 해대니?"

"오-호 그래? 그럼 설명해봐. 왜 넌 하나님을 만났는데도 부잣집 아들이 되지 못했지?"

덩치 큰 아이는 더욱 기세를 올리며 천천히 문방구에게 다가갔다. 그리고 아주 고약한 표정을 지으며 시답잖은 비웃음을 흘렸다.

"내가 무엇하러 부잣집 아들이 돼야 하지?"

덩치 큰 아이는 문방구의 물음에 당황스럽다 못해 우스워 크게 웃어 버렸다. 그에겐 기회가 되면 부잣집에서 태어나는 것이 새가 새이며, 꽃이 꽃이듯 너무 당연한 일이라 생각하는 듯했다.

"부잣집 아들이 되면 먹고 싶은 것도 마음대로 먹을 수 있고 공무원이 될 수도 있고 대기업에도 갈 수 있지. 그러면 이 지긋지긋한 공부는 조금 덜할 수도 있을 테고 잠도 마음대로 잘 수 있고 주말엔 느긋하게 낚시나 해외여행을 다녀올 수도 있지. 자- 그럼 내가 부자가 되면 할 수 있는 것을 말해 줬으니 너는 가난한 집에서 태어나면 무얼 할 수 있는지 설명해봐."

덩치 큰 아이는 퉁명스레 물었다. 보다 못한 쇼펜쥐가 가난해도 충분히 행복하게 살 수 있다고 대답했다. 아주 짧은 시간이었지만 그 짧은 정적 속에서 약간은 엉뚱한 답변이 나왔다. 덩치 큰 아이는 겨우 행복이 뭐냐고, 마치 행복이란 것이 동네 슈퍼에서 누구나 쉽게 살 수 있는 초콜릿이나 막대 사탕 따위와 같다는 듯 되물었다.

"그래, 행복 말이야. 너희들 집은 문방구 집보다 잘살지? 근데 왜 그렇게 부자인 너희들이 우리에게 애걸하고 있지? 시험은 문방구보다 잘 봤을 텐데 왜 더 점수가 낮은 문방구에게 애걸하지?"

"엉뚱한 소리 하지 마. 그까짓 행복은 부자가 되면 더 많이 살 수 있어."

"그럼 한번 사 보지 그래? 우린 우리 길을 갈 거야. 따라오고 싶다면 말리진 않겠어. 하지만 또 그따위로 말을 했다간 큰코다칠 줄 알아."

마지막에 힘주어 한마디 내뱉는 것으로 싸움은 순식간에 끝나버렸다. 아이들 세 명이 실종된 사건은 사실 아이들 세 명이 시험 성적표를 받아들고 좌절하여 지푸라기라도 잡는 사건이었던 것이다. 특목고를 준비하는 아이들은 조용히, 조심스레 눈사람 일행을 따랐고 아무 말이 없었다. 그들은 하나님을 만나면 공부를 하지 않고서도 시험을 잘 보게 해 달라 기도드리고 싶었다.

하지만 아이들과 눈사람이 그토록 간절해하던 하나님은 자정을 지나 새벽 두 시가 되어서도 코빼기 하나 비추지 않았다. 여기저기 아이들의 불만이 터져 나온 게 자정이 한 시간 정도 지나서부터였다. 가장 기대가 컸던 만큼 앙칼진 여자아이의 따지고 드는 목소리가 가장 컸다. 믿었던 만큼 실망감이 비례하였기 때문이다. 외려 덩치 큰 아이는 모든 걸 체념하는 듯싶었다. 오히려 속은 자신이 멍청했다는 듯 아무 말도 하지 않았다.

물론 문방구 자신도 이러한 모든 결과를 예상하지 못했던 것은 아니다. 다만 시간이 흐르고 열 시가 넘어가면 모두들 풀에 지쳐 다들 제집으로 돌아갈 줄 알았다. 그래서 그때까지만 적당히 시간을 죽이고 있으면 자신의 생각대로 되리라 믿었다. 하지만 사태는 이 지경에 이르렀고 이젠 앞으로도 뒤로도 갈 수 없는 상황이 되어 버렸다. 문방구는 차라리 어느 영화의 제목처럼 바람과 함께 사라져 버리길 간절히

기도드렸다.

"거기 누구얏!"

이때 목소리에 화가 덕지덕지 붙은 무서운 음성이 들렸다. 짐작하건대 중년쯤 되는 남자의 목소리였다. 성난 목소리와 함께 성당 안의 모든 불빛이 환해졌고 성물들이 눈에 들어왔다. 금으로 된 촛대와 가장 중앙에 있는 가시면류관이 불빛을 반사했다. 어두운 곳에 숨을 죽이고 있다 갑작스레 환한 불빛을 보니 눈이 부셨다.

"누군데 쥐새끼처럼 지금 이 시간에 이곳에 숨어 있는 거지?"

다시 한 번 더 그의 목소리를 들었을 때 그 여섯 명은 단숨에 보아도 그가 취해 있음을 알 수 있었다. 사실 중년 남성의 몸에선 고약한 술 냄새가 진동하고 있었다.

한밤중 성당 안을 순찰하며 불을 켠 중년의 남성은 사법시험을 준비하던 고시생이었다. 고시생은 마을 어귀 허름한 문방구 주인 할아버지의 아들로서 이곳에서 몇 년째 고시 공부를 하는 사람이었다. 그리고 그를 아는 사람은 오며 가며 몇 번 얼굴을 눈으로만 익힌 문방구뿐이었다.

"실례가 되었다면 죄송해요. 하지만 저희는 도둑이 아니에요."

가장 먼저 눈사람이 나서서 자초지종을 설명하려 했지만 술 취한 고시생은 말을 잘라 한마디도 더 들으려 하지 않았다.

"도둑이 아니라면? 한밤중 성당 문이 모두 닫힌 시간에 왜 쥐새끼처럼 숨어 들은 거지? 오-호 아닌 게 아니라 진짜로 쥐새끼도 한 마리 와 있었군."

고시생은 쇼펜쥐를 노려보았다. 쇼펜쥐는 평소라면 맞받아쳐 한마디 쏘아붙일 법도 했지만 지금은 화를 내기에 적당한 때가 아니란 판단이 들었다.

"아니- 잠깐만, 너는 대체 뭐야?"

술 취한 고시생은 검지를 까딱이며 사람 네 명과 사람 아닌 둘의 존재를 세어 보다가 당황하며 물었다. 고시생의 손가락은 눈사람을 향해 있었다.

"저는 눈사람이에요. 저희들은 절대 도둑이 아니에요. 성당 안의 모든 물건들은 전부 그대로일 거예요. 하나두 손대지 않았어요."

눈사람의 말에 고시생은 얼른 고개를 성전 쪽으로 돌려 보았다. 값비싼 금 촛대와 십자가, 그 뒤의 성모 마리아 초상 모두 그대로였다. 값나가는 물건들의 안전을 확인하고 난 고시생은 약간은 부드러운, 하지만 여전히 딱딱한 어조로 다시 물었다.

"너는 대체 무슨 분장을 하고 있는 거야. 얼른 못된 장난을 그만두지 못해?"

"저는 분장하고 있는 게 아니에요. 지금 이 모습이 제 본래의 모습이에요. 보다시피 저는 눈사람이에요."

보고도 도저히 믿기지 않는 상황 속에서 고시생은 천천히 무리들을 향해 걸어왔다. 눈사람 앞으로 걸어온 고시생은 그의 뺨에 살며시 손을 얹었는데 눈사람의 살갗은 얼음처럼 차가웠다. 그것은 조형물이라 말하기엔 너무나 정교했고 생생했다.

"세상에- 말하는 눈사람이라니……."

결국 고시생 또한 탄성 비슷한 신음을 내며 지금 이 상황을 그대로 믿을 수밖에 없었다. 하지만 아직까지 이 분위기의 주도권이 자신에게 있음을 알고 있는 고시생은 섣불리 긴장을 풀지 않았다.

"좋아, 말하는 눈사람. 그렇다면 이 늦은 시간에 성당 안에서 무얼 하고 있던 중이지? 돈이 될 만한 물건을 찾고 있었던 건가?"

고시생은 이번엔 두 눈을 문방구에게 응시하며 또다시 얄밉게 물었다. 아무래도 문방구의 초라한 행색이 자신이 물었던 질문과 무척이나 어울렸기 때문인 것 같았다.

"우린 하나님을 만나고 싶어 왔어요."

어처구니없기론 고시생 또한 마찬가지였다.

"네, 이곳 밤 열두 시엔 하나님이 나타난다고 그랬어요."

눈사람이 대답하기도 전에 그 뒤 멀리서 덩치 큰 아이 뒤에 숨어있던 앙칼진 여자아이가 마지막으로라도 애원하듯 대답했다. 아이들은 모두 원망 가득 담긴 눈빛으로 문방구를 쏘아 봤다. 문방구는 홀로 고개를 숙이고 있었다. 아무래도 지금 이 감당할 수 없는 사건 앞에 겁에 질릴 대로 질린 눈치였다. 아이들의 시선이 향하자 고시생 또한 문방구를 쳐다봤다. 낯이 익었다.

"오- 너는 아버지가 그렇게 말하던 동네 꼬마 아이로군. 우리 몇 번 본 적이 있지?"

고시생이 물었지만 겁에 질린 문방구는 아무 대답도 하지 않았다.

"네가 그런 거짓말을 했니?"

아이들과 눈사람 모두는 숨죽이며 문방구의 대답을 기다렸다. 아무래도 그들은 여전히 문방구의 말이 거짓이 아니었기를 바라는 눈치였다. 눈사람 옆에서 차가운 몸뚱이에 손을 대고 있던 쇼펜쥐는 위로할 준비를 하고 있었다.

문방구는 말없이 고개를 끄덕였다. 마지막엔 기어들어가는 목소리로 대답도 했다. 지금껏 녀석이 저지른 장난전화와는 비교도 안 될 만큼 무서운 장난이었다.

문방구의 풀 죽은 목소리와 함께 여기저기서 탄식과 원망과 경멸의 목소리들이 들려왔다. 앙칼진 여자아이는 기어코 눈물을 쏟고 말았으며 지금껏 잠자코 있던 덩치 큰 아이도 그제야 분개하며 역정을 내고 있었다. 하지만 무엇보다 가장 큰 충격에 휩싸인 건 눈사람이었다. 눈사람은 지금껏 이 여정을 떠나며 이처럼 허망한 기분을 처음 느껴보았다.

특목고 삼인방은 그것이 도저히 아이들 입에서 나왔다 믿기 힘들 정도로 무시무시한 욕지거리와 과격한 행동을 부리며 화를 냈다. 문방구의 고개는 숙이다 못해 땅을 파고 들어갈 지경까지 이르렀고 이는 말리는 고시생에 의하여 겨우 상황이 잠잠해졌다.

새벽 네 시가 되니 아이들이 모두 잠이 들었다. 고시생은 성당 뒤편

세 평짜리 순례자 휴게실에 아이들을 뉘었다. 앙칼진 여자아이는 잠들기 한참 전까지도 혼자 눈물을 쏟고 있었으며 잠들고 나서도 한동안 뺨에 얼룩진 눈물 자국이 지워지지 않았다.

미련한 눈사람은 끝끝내 하나님에 대한 희망을 놓지 않아 끝까지 성당 안을 지키고 있었다. 그리고 그 뒤엔 이를 안쓰럽게 바라보는 쇼펜쥐와 미안한 마음을 감출 수 없는 문방구가 자리를 지키고 있었다. 눈사람은 한참 동안이나 십자가에 못 박힌 예수를 지그시 바라보며 눈을 떼지 못했다.

인간의 몸으로 우리를 구원한 예수의 체격은 볼품없을 정도로 야위었고 그의 터진 옆구리에선 차가운 피가 흘러나오고 있었다. 머리에 겨우 짊어진 가시면류관은 살갗을 혹독하게 짓눌러 피가 철철, 그의 구슬픈 눈에 흐르고 있었으며 손목에 박힌 대못은 보는 것만으로도 아찔한 고통과 공포를 체감하게 해주었다. 그의 십자가 위엔 히브리어로 '엘리 엘리 라마 사막다니(주여, 주여, 왜 나를 버리시나이까).'라는 예수의 마지막 전언이 적혀 있었는데 이는 죽는 순간까지 인간의 몸으로 그 모든 고통을 감내해야만 했던 절대자의 가슴 아픈 희생이 깃들어 있었다.

고시생이 눈사람에게 너는 왜 하나님을 보고 싶어 했던 거냐며 위로 비슷한 말투로 물었다. 한동안 정신을 차릴 수 없었던 눈사람이 불현듯 잠에서 깬 것처럼 정신을 차렸다.

"벚꽃이요. 저는 벚꽃을 보고 싶었어요. 하나님을 만나면 내가 벚꽃을 볼 수 있게 해 달라 기도를 드리고 싶었어요."

이전의 씩씩한 말투는 온데간데없었고 그 목소리엔 처량함이 묻어나오고 있었다. 하지만 고시생 또한 일반 다른 사람들과 별반 다를 것 없는 반응을 보였다.

"눈사람은 벚꽃을 만날 수 없어. 얼음은 꽃이 오면 부리나케 도망가 버리거든. 또 꽃은 얼음이 오면 도망가고. 그런 걸 사계절이라 하고, 이것이 모이면 되면 세월이 된단다."

"아저씨는 이 고요한 성당에서 무얼 하고 계셨죠?"

"나는 공부를 하고 있어. 사실 많은 얘기를 나누고 싶지만 그럴 시간이 없지. 이제 곧 사법시험이 폐지되고 안 그래도 경쟁률 쟁쟁한 고시에서 살아남으려면 남들보다 한 글자라도 더 많이 외워 둬야 하거든."

"왜 힘든 시험을 준비하고 계시죠?"

"그건 남들보다 더욱 멋진 인생을 살기 위해서지. 돈도 많이 벌고 사람들한테 존경받을 수 있는 직업. 나는 검사가 되고 싶단다. 하지만 생각보다 그 일이 쉽지는 않지."

말하던 고시생이 갑자기 겸연쩍어진 듯 사뭇 부드러운 어조로 타이르듯 말했다.

"누구든 노력하면 충분히 이룰 수 있지 않을까요? 아저씨가 시험을 사랑했듯이 저두 벚꽃을 사랑하니까요."

"예전에도 너와 같은 생각을 했던 사람이 있었지. 자신의 분수도 모르고 어울리지 않은 꿈을 꾼 사람 말이야. 넌 그 사람과 무척이나 닮았단다."

"혹시……. 디자이너 아가씨 말인가요?"

순식간에 고시생의 목소리가 타이르는 어조에서 다그치는 어조로 바뀌었다. 자신의 속마음을 들키고 말아 채근하듯 물었다.

"도대체 그 이야기를 어떻게 알지? 그 사람이 디자이너가 되고 싶어 했단 얘긴 어디서 들었고?"

고시생의 성난 목소리에 오히려 주눅이 든 눈사람이 기어들어가는 목소리로 자신의 주인아줌마가 얘기를 조금 들려주었다고 대답했다.

"그래, 무슨 말을 했는지 대충은 알겠군. 아마 내 욕을 실컷 했겠네. 저 자신은 잘못 하나 없고 나만 이 세상에 뒤떨어진 멍청이라고 험담을 늘어놓았겠지."

"절대 그렇지 않아요. 주인아줌마는 아저씨 욕을 하지도 않았고 할 마음도 없었어요."

"왜 아니겠어? 나더러 꿈만 꾸는 머저리라고 하진 않디? 허파에 바람만 잔뜩 든 바보라고 말이야. 바른대로 대답해!"

고시생은 너무나 흥분했던지 성물들이 소리에 흔들릴 만큼 크게 외치다가 다시 체념했다. 지난 과거의 일이 어떻든 간에 이제는 떠올릴수록 자신만 비참하다 느꼈기 때문이었다. 하지만 아직도 그때 그 일만 떠올리면 억울하고 분한 마음에 온몸이 바르르 떨려왔다.

"미안하구나, 눈사람아. 어른스럽지 못했어."

고시생은 비가 올 적마다 세상 떠나갈 듯 신세 한탄하는 소리가 정말 남들은 못 듣는 말인 줄 알고 있었다. 그래서 남들이 자신을 아직도 어른으로 여기고 있을 것이라 생각했다. 하지만 눈사람은 거기에 대해서 일언반구 한마디 하지 않기로 했다.

"괜찮아요. 제가 괜한 얘길 꺼냈는걸요."

"너의 잘못이 아니야. 원래 사람 일이라는 게 그렇단다. 어느 한쪽의 일방적인 얘기만 듣고 남을 판단해선 안 되지……. 무슨 얘길 들었는지 모르겠지만 그때 그 일은 나도 무척 괴롭단다."

"맹세코 저는 아저씨를 욕보일 말은 어느 한마디도 듣지 못했어요."

"그렇담 우리가 왜 헤어진 줄도 모르니?"

눈사람은 아무 대답도 할 수 없었다. 맹세한다 호기롭게 말했지만 실은 그것은 거짓말에 가까웠으니 말이다.

"말해다오. 그 사람은 뭐라 하디? 우리가 이뤄지지 않는 근본적인 이유가 뭐라 말했지?"

몇 번이나 이것을 말해야 하나 말아야 하나 고민한 끝에 눈사람은 진실을 털어놓기로 했다.

"아저씨가 공부에 빠져 주변 관계에 소홀해졌다고만 들었어요. 만남은 줄어들고 짜증만 늘었다고요."

"그래, 내 잘못도 있겠지."

"번번이 시험에 떨어지면서도 현실을 모른다고 했어요. 점점 배려심도 없어지고 성격이 괴팍하게 변하기까지 한댔어요."

"그래, 그 정도면 됐어. 이제 됐단……."

"그뿐만 아니라 세상에서 자신이 제일 잘난 줄 아는데 시건방지고 사람 무시하는 태도가 밥맛이라고도 했고……."

"그만하면 됐다고!"

있는 그대로 다 털어놓으라 했지만 막상 자기 비난하는 소릴 들으니 고시생은 또 성을 내고 말았다.

"뭐? 시건방져? 세상을 몰라? 주변 관계에 소홀했다고?"

다혈질의 고시생은 기분이 늘 오락가락하는 사람이었다. 이 얼마 되지 않는 시간 동안 기뻤다가 슬펐다가 체념했다가, 몇 번이나 반복했는지 모른다.

"그건 순전히 거짓말이야. 세상에 정도껏 해야 듣고 넘기지. 나만 변한 줄 아니? 정작 변한 건 그 사람이야. 그래 나도 물론 인정은 하지. 시골 마을에서만 살다 도시 사람들과 경쟁해보니 결코 만만한 게 아니었어. 죽어라 공부했고 또 죽어라 매달렸지."

매번 비 오는 날마다 들었던 익숙한 목소리와 절규가 들려왔다. 물론 이번엔 더 가까이서 더 크게 들렸다.

"그러는 그 여잔 뭘 했을까? 디자이너가 되겠다고 의상학과를 나왔지. 그것도 변변치 못한 대학을 말이야. 학교 다니는 동안엔 유명 디자이너 견습생으로 인턴 생활을 했고 졸업 후에도 또 인턴 생활을 했어. 세상에 대한 불만은 나만 말한 게 아니야. 인턴은 정직한 노동력을 착취할 수 있는 가장 정당한 방법이라 말하며 세상을 저주하던 게 누군데 그래?"

말을 하던 중 또 그때 생각이 떠올라 고시생은 다리에 힘이 풀리고 말았다. 성당 안 기다랗게 늘어진 의자 하나에 털썩 기대어 앉았다가, 이내 주저앉아 버렸다.

"우리 관계엔 희망이 없었어……. 가난한 사랑, 그 끝은 가난한 이별과 얼룩진 상처뿐이란다. 어쩌면 우리 둘 다 너처럼 눈사람이면서도 벚꽃을 사랑했던지 모르지. 하지만 말이야, 나는 우리 관계를 돌이키려 정말 최선을 다했단다. 현실이 따라주지 않았을 뿐이야."

고시생은 오른팔을 탁상에 기대어 이마를 괴며 고개를 푹 숙였다. 더 이상 듣고 싶은 말도, 하고 싶은 말도 없다는 눈치였다. 눈사람과 고시생 사이엔 어색한 침묵과 긴장이 감돌았다.

사실 고시생의 말 또한 틀린 말은 아니었다. 그 두 사람은 서로가 공평하게 동시에 변했던 것이지 어느 한쪽의 일방적인 변심은 아니었다.

디자이너 아가씨는 고되고 힘든, 박봉을 받는 시간 동안 정말이지 성실하게 자신의 맡은 바에 소임을 다했다. 문제는 사람이란 존재가 주변 환경에 얼마나 큰 영향을 받는가 하는 문제였다. 디자인이라는, 다소 예술에 가까운 일을 하게 됨으로써 그 아가씨도 다른 신세계를 경험하고 좌절했다. 자신의 봉급으론 몇십 년을 일해야 겨우 만져 볼 법한 돈을 그녀의 고객들은 고작 윗옷 한 벌, 코트 한 벌에 쉬이 지불했다. 그런 광경을 가장 옆에서 늘 목격해오면 누군들 바람 들지 않을 사람이 없다.

내 가장 가까이 있는 사람들과 나 자신 간에 삶의 괴리가 느껴지는 것은 너무도 비참한 일이었다. 디자이너 아가씨는 한 벌, 두 벌 옷이 팔려 나갈 때마다 자신의 존재와 자신의 위치가 처량하다 느껴졌다. 나도 언젠간 옷 한 벌을 구매할 때도 이렇게 큰돈을 쉽게 지불할 수 있는 사람이 될 수 있을까? 이 큰돈이 고작 이 푼돈이 될 날이 있을까? 몇 번이고 자신에게 물었지만 대답을 내릴 순 없었다.

그녀의 시각도 당연히 변해갔다. 더 이상 마을 사람들에 흥미를 느끼지 못했고 더하여 구질구질하고 촌스럽다는 생각까지 들게 되었다. 그런 생각이 들 때쯤 자연히 주변 관계와 멀어져갔다. 시골 마을에서 금전적 여유가 넘치는 사람은 드물었다. 그러니 주변에 친구는 몇 남지 않았고 더욱 고립될수록 디자이너 아가씨의 꿈은 커져만 갔다. 악순환은 어쩔 수 없이 반복되었고 급기야 아가씨는 자신의 연인 또한 탐탁지 않게 느껴졌던 것이다.

한 사람은 분수에 맞지도 않는 상류층의 사람들을 자신과 동일시하고 있었고 다른 한 사람은 그 상류층에 편입하기 위해 인생에 모든 것을 걸고 오직 공부만 하고 있었다. 서로에 대해 흥미가 떨어지는 것은 어쩔 수 없는 일인지도 모른다. 고시생은 디자이너 아가씨가 완성된 사람을 원하고 있다 느꼈다. 미약하더라도 완성될 가능성을 가진 사람이 아닌, 이미 완성된 사람을 원하고 있다고 느낀 것이다.

이듬해 봄 디자이너 아가씨는 마을을 떠나갔다. 삐걱대던 고시생과 아가씨의 관계에 아주 결정적인 일이었다. 늘 겨울만 있는 이 마을에선 내 분야에 더 이상 정진이 없을 것 같다, 그래서 사계절이 있는 곳을 떠나야 한다는 말은 고시생의 귀엔 비겁한 수작처럼 들렸다. 말은 사계절을 찾아 떠난다 했지만 실은 완성된 남자가 즐비한 도시로 떠났을 것이라 여겼다.

고시생은 문득 돌아보니 지금 자신의 처지가 눈사람과 무척 닮았다는 것을 느꼈다. 둘 다 이루기 힘든 것들을 갈구하고 있고, 둘 다 모진 계절 탓에 여자란 존재를 떠나보냈으니.

“벚꽃을 찾아 떠난 소녀를 찾는다 말했지?”

고시생이 성전 위에 걸려 있는 십자가를 바라보며 말했다. 와인처럼 붉은 예수의 보혈이 허벅지와 가랑이를 흐르며 발끝에 닿아 있었다. 눈사람은 말없이 고개만 끄덕일 뿐이었다.

“그러려면 차라리 방송에 나가 보렴. 신에게 기복하는 일도 벚꽃을 찾고 있는 눈사람처럼 공허한 일이란다.”

고시생은 가장 성스러운 곳에서 가장 불경한 말을 내뱉으며 더 이상 상대하고 싶지 않단 표정으로 등을 돌렸다. 걸어가는 내내 그의 발걸음엔 절망만이 보였다.

쇼펜쥐

뒤편에서 눈사람을 지키고 있던 쇼펜쥐도 체력이 다했던 것인지 꾸벅꾸벅 졸고 있었다. 고시생이 간 지 두 시간이 흐르니 서서히 창밖엔 햇빛이 비쳤다. 아침 해가 뜨고 만물이 깨어나는 시간이 되었다. 그때까지 죄책감에 시달려 제대로 고개도 가누지 못했던 문방구가 용기 내어 눈사람에게로 왔다.

"아직까지 무얼 보고 있니? 눈사람아 이제 그만해두렴. 나는 지금 너에게 너무 미안해 고개를 들 수가 없다. 제발 그만해줘."

눈사람은 그때까지도 자비로운 예수의 조각상 앞에 눈을 떼지 못했다. 이미 모든 상황이 문방구의 거짓말로 끝이 났지만 아직 미련이 남은 눈사람은 희망을 떼지 못했다.

"나는 괜찮아. 미안해하지 않아도 좋아. 그래도 잠시간 벚꽃을 볼 수 있다는 희망에 기뻤어. 하지만 나는 아직까지 네 말을 믿기로 했어. 분명히 내가 간절하게 원한다면 하나님도 내 기도를 들어주시겠지. 그분은 내가 얼마나 간절하게 원하는지 분명 알아주실 거야."

문방구의 간절한 설득에도 눈사람은 고집을 꺾지 않았다. 문방구는 구부정하게 앉은 채 아주 어려운 얘기를 꺼내기를 주저하고 있었다. 두 동강 난 성당 의자 어디쯤에서 자고 있던 쇼펜쥐는 말소리에 깨고 말았다. 계속되는 큰 사건들로도 모자라 그는 몹시 사나운 꿈을 꾸었는지 좀체 정신을 가눌 수 없었다. 문방구가 목이 멘 목소리로 눈사람을 불렀다. 그러곤 자신이 아주 큰 잘못을 저질러 버렸다고 말했다. 티끌보다 더욱 작은 눈물을 여러 방울 떨구며 해진 소매로 눈물을 훔쳤다. 눈사람은 몸을 배배 꼬며 울고 있는 문방구를 보며 자신은 괜찮다, 더 이상 마음 쓰지 않아도 된다고 위로했다.

"아니, 그게 아니야. 나는 사실 너희들을 방송국에 제보하고 말았어."

문방구의 갑작스러운 고백에 눈사람도 예수의 조각상에서 눈을 뗐다.

"뭐? 방송국?"

대답을 가로챈 건 이제 갓 깨어난 쇼펜쥐였다. 쇼펜쥐는 그러지 않아도 방금 접한 이상하고 무서운 꿈 때문에 마음이 몹시 심란한 상태였다. 그래서 그랬는지 목소리는 분위기를 가리지 않고 점점 커졌다.

"정말 미안해. 나는 너희들과 내가 이렇게까지 친해지게 될지 몰랐어. 사실 지금 이 세상은 너를 찾기 위해 안달이야. 모두들 말하는 눈사람을 보고 싶어 하거든. 너는 인터넷이라는 아주 무서운 세상에서 되돌아올 수 없을 만큼 많은 길을 떠났어. 이제 그 누구도 말하는 눈사람에 대해 모르는 사람이 없다."

끝내 문방구의 어깨가 또다시 들썩였다. 울음을 애써 참으려 했던 탓인지 말이 새어 나올 때마다 끅-끅-거리며 작은 신음도 새어 나왔다.

쇼펜쥐는 지금껏 볼 수 없었던 몹시 화가 난 표정으로 안면을 씰룩거리며 달려들었다. 듣고 있던 눈사람이 쇼펜쥐를 만류하며 진정하라 다독였다. 하지만 씨알도 먹히지 않았다.

"뭐? 진정? 바보야. 이게 무슨 말인지 알기나 해? 방송국에서 너를 찾는다는 것은 이제 곧 네가 세상에 알려지게 될 거란 거야. 그렇게 되면 어떤 일이 벌어지는 줄 알아? 아마 넌 이 나라 최고의 과학자들 앞에 둘러싸여 온몸이 찢겨지겠지. 네가 어떻게 말을 하는지, 그래서 어떤 방법으로 너 같은 말하는 눈사람을 많이 만들어 낼 수 있는지, 기껏해야 너는 그 사람들의 재료가 되고 말 거야."

쇼펜쥐는 급기야 주인아줌마가 선물해 주었던 핑크색 원피스를 쥐어뜯으며 옷을 찢어 버렸다. 순간 치밀어 오는 화에 몸이 달궈진 모양이었다.

"그뿐인 줄 알아? 너는 어쩌면 서커스단에 팔리게 될지도 모르지. 모두들 말하는 눈사람을 구경하는데 지불하는 돈 따윈 아까워하지 않을 거야. 그러면 너는 무대 위에 올라 하루 종일 시답잖은 말을 떠들어 대야겠지. 관객은 즐겁겠지만 너는 행복하지 못할 거고."

쇼펜쥐는 말을 하면서도 흥분을 가라앉힐 수 없었던지 조바심에 떨며 다가올 미래에 대한 불안감을 온몸으로 표출했다.

"흰곰 따윈 비교도 되지 않을 만큼 무서운 존재가 무언지 아니? 그건 바로 사람이야. 눈사람아, 너는 내가 일전에 했던 말을 기억하니?

만에 하나 천국과 지옥이 있다면 사람이 없는 쪽이 천국일 것이란 말, 지금은 네가 그 의미를 다 못 알아두 좋지만 네가 방송에 출연하게 되면 그 의미를 몸으로 깨닫게 될 거다."

"내가 너희 둘을 제보하고 말았어. 말하는 눈사람이 우리 마을에 있고 눈사람은 벚꽃을 찾고 있는 중이라 말했어. 너를 찾아준 사람에겐 큰돈을 준다 했었어."

문방구가 죄책감에 괴로워하며 말했다. 녀석은 말할 때마다 몹시 괴로워했다. 도저히 자신을 변호할 어떠한 단어도 떠오르지 않았기 때문이다.

"하지만 방송국 사람들도 아직은 너희들이 어디 있는지 모른다. 내가 방송국에 제보를 한 건 맞지만 너희들과 친해진 이후로 나는 그 사람들의 연락을 일절 받지 않았단 말이야. 어제까지만 해도 수십 통의 전화가 왔었다. 물론 그 전화가 방송국 전화가 아닐 수도 있지만 그건 더 말이 안 되지, 우리 집 전화번호를 알고 있는 사람은 나랑 아빠 그리고……."

말을 하다 문득 문방구의 입술이 멈췄다.

"떠나간 엄마밖에 없거든. 하지만 우리 아빤 늘 엄마가 죽은 사람이라 말했어. 너희들도 알다시피 죽은 사람은 연락을 못 하지? 그래 그건 방송국 전화야. 하지만 나는 일절 받지도 다시 걸지도 않았어. 이게 내 진심이야."

울화가 치미다가 문방구가 엄마 얘기를 꺼내자 갑자기 그가 측은해졌다. 눈사람은 문방구의 말을 전부 믿지 않고 되물었다.

"문방구야. 우린 너를 잘 알고 있단다. 너는 결코 그럴 사람이 아니지? 겨우 돈이 탐나는 아이였다면 너의 꿈은 부자여야 맞겠지? 너는 분명히 다른 이유가 있을 거야."

눈사람의 음성이 너무 따뜻하고 인자하여 문방구는 하마터면 왈칵 눈물을 쏟아 내릴 뻔했다. 눈사람은 다시 한 번 더 낮은 어조와 부드러운 말로 되물었다. 왜 우리를 방송국에 제보할 수밖에 없었니? 문방구는 숨이 턱 막히는 기분이었다.

"너희들은 내 꿈이 뭔 줄 아니? 내 꿈은 문방구 주인도, 공무원도 아니고 의사도 아니다. 내 꿈이 한 가지 있다면 그건 바로 엄마를 만나는 거야. 어쩌면 엄마는 내가 지금 행복하게 살고 있다 생각해서 나를 찾지 않는지도 몰라."

똥색 옷소매로 눈물을 쓸어내리며 대답을 이어갔다.

"정말 오랜 시간 동안 나는 방송에 출연하고 싶었지만 그럴 수 없었어. 나는 이 세상 사람들이 좋아할 만한 어떤 재주도 없었거든. 그러던 참에 너희들을 보게 된 거야. 말하는 눈사람을 본 거지. 그래서 내가 그런 실수를 저지르고 말았다."

대답을 들은 쇼펜쥐는 애써 문방구의 시선을 외면했다. 녀석에게 욕을 한껏 퍼부어줘야 할지, 그 눈물에 기꺼이 공감해야 할지 쇼펜쥐는 알 수 없었다. 사람들에게 눈사람을 팔아넘긴 것을 생각하면 울화가 치밀었지만 지금 그의 모습은 너무 가여웠다. 문방구의 짓이긴 아랫입술에선 붉은 핏방울이 돋았다. 쇼펜쥐도 더 이상 아무 말을 하지 않았다.

"문방구야. 방송국이란 곳은 어떤 곳이니?"

눈사람이 문방구에게 물었다. 그것은 단순한 호기심으로 묻는 말이 아닌 듯싶었다. 이를 눈치챈 쇼펜쥐는 당연히 펄쩍 뛰며 눈사람을 만류했다.

"뭐-어? 미쳤어? 눈사람아, 너는 지금껏 내가 한 얘기를 뭐로 들은 거니?"

눈사람은 쇼펜쥐의 아우성에 한 마디 대꾸하지 않았다. 그저 앞에 있던 문방구에게 간절한 소리로 물었고 눈을 응시했다. 문방구는 경기를 일으키며 반대하는 쇼펜쥐와 간절한 눈빛의 눈사람 사이에서 자신의 처신을 어떻게 해야 할지 헷갈렸다. 그랬지만 결국엔 눈사람의 간절한 눈빛이 엄마를 애원하는 자신의 눈빛과 매우 닮아 있어, 그만 털어 놓고 말았다.

"방송국은 엄청 거대한 거야. 이 세상 모든 사람이 방송을 보거든. 너는 텔레비전을 못 봤니? 텔레비전에서 나오는 모든 방송이 전부 방송국에서 만들어지는 거야."

눈사람은 주인아저씨가 일요일마다 켜 두던 텔레비전을 떠올렸다. 이 세상 모든 소식을 전달하는 뉴스, 배꼽 잡고 웃게 만들던 쇼 프로그램, 기상천외한 사건들이 담겨 있던 오락 프로그램들.

"만일 내가 방송국에 출연하게 된다면 이 세상 모든 사람들이 볼 수 있을까?"

듣고 있던 쇼펜쥐가 이번엔 펄쩍 뛰다 못해 재빨리 문방구의 입을 가로막으며 얘기를 낚아챘다.

"너한테 묻지 않았어. 나는 문방구에게 물었어."

눈사람은 쇼펜쥐에게 차가운 음성으로 맞받아쳤다.

"말해줘 문방구야. 내가 방송에 나가게 된다면 정말 이 세상 모든 사람들이 나를 볼 수 있는 거니?"

입을 가로막힌 문방구는 대답 대신 큰 고개를 두어 번 끄덕였다.

"그래, 방송국에 출연하면 이 세상 모든 사람들이 너를 보겠지. 네가 과학자들 앞에서 해부되는 모습, 그래서 너와 닮은 인형과 다른 말하는 눈사람이 복제되는 모습들. 너는 아주 엉뚱한 상상에 빠져든 거야."

쇼펜쥐가 간절하게 눈사람을 설득하려 했지만 눈사람의 표정은 단호했다. 눈사람은 쇼펜쥐의 절규에 가까운 만류를 애써 모른 척하며 담담히 말을 이었다.

"쇼펜쥐야. 너는 내가 왜 방송국에 출연하고 싶은 줄 아니?"

십자가에 못 박힌 예수처럼, 양팔을 좌우로 활짝 편 쇼펜쥐가 냉랭하게 눈사람을 막아섰다.

"나는 열두 시가 한참 지났을 무렵에도 절대루 하나님이 나타날 거란 희망을 버리지 않았다. 한 시가 되고 두 시가 되어서도 나는 절대로 그 간절한 바람을 놓은 적이 없지. 하지만 이제는 그런 허망한 희망 따윈 갖지 않기로 했어."

눈사람의 담담한 어조에 문방구는 또다시 얼굴이 붉어지고 말았다.

"눈사람아, 원래 간절한 희망 바로 다음에 오는 절망이 더 잔인한 법이야. 사실 나는 애초에 문방구가 너에게 하나님 얘기를 꺼낼 때부터 이 모든 상황을 짐작 정돈 하고 있었다. 하지만 우리는 알잖니? 언제나 최악은 우리가 상상하는 그 이상으로 오는 법이란 걸. 네가 이렇게 될 줄 알았다면, 이렇게 희망이 절망으로 바뀌어 정신이 이상해질 거란 걸 알았다면 나는 너를 극구 말렸을 거야. 오히려 문방구보다 더 무시무시한 거짓말을 꾸며대어 이 성당에 오게 하는 일은 없었을 거야."

십자가처럼 넓게 벌린 양팔 때문에 쇼펜쥐는 눈물을 닦을 수 없었다. 그래서 작고 여린 눈물은 쇼펜쥐의 홀쭉하고 앙상한 뺨 주위에 또르르 길을 내며 흘렀다. 흐른 눈물은 대리석 바닥에 떨어져 얼룩을 만들다가 이내 증발하고 있었다.

"아니야 쇼펜쥐야. 이건 문방구의 잘못이 아니야. 너의 잘못도 아니구. 그 누구의 잘못도 아니야. 어쩌면 간절하게 원했던 내 잘못인지도 모르지. 네가 잠시 잠들어 있을 무렵에도 나는 하나님을 기다리고 있었다. 그러나 하나님은 오질 않구 대신 고시생 아저씨가 내 곁에 왔지. 고시생 아저씨는 자신을 포함해서 이 세상 많은 사람들이 모두 나를 닮았대. 다만 다른 점이 한 가지 있다면 이 세상 사람들은 벚꽃을 사랑하면서도 자신이 눈사람인지를 모른대."

눈사람은 가엾게 눈물을 보이는 쇼펜쥐에게 아까 전 고시생과 나눴던 대화를 모두 얘기해 주었다.

"눈사람아, 상처받지 말렴. 그건 그 사람의 생각이지 결코 그 말이다 옳은 건 아니야."

"남들이 어떻게 보든 나는 신경 쓰지 않을 거야. 이젠 결정해야 할 때가 왔어. 나는 방송국으로 갈 테야. 방송은 누구나 볼 수 있으니 어쩜 소녀가 우스워진 내 모습을 보구 나를 기억해낼지도 모를 일이지."

도저히 설득되지 않는 눈사람의 모습 앞에서 쇼펜쥐는 화가 나고 말았다.

"갈 테면 너 혼자 가. 나는 더 이상 너와 함께하지 않겠어. 그건 미련한 짓이야. 네 뺨에 차가운 얼음이 흘러내리면 그때 너는 지금 이 결정을 후회하게 될 거야. 벚꽃? 너를 따라 이 여행을 함께했지만 애초에 그건 가당치도 않은 말이었어. 눈사람이 벚꽃을? 이제부터 너는 주위에서 방금 내가 했던 말을 수두룩하게 듣고 다닐걸. 그래 어디 한번 가보렴. 이 세상이 어디 네가 원하는 것을 쉽게 주나 한번 몸으로 느껴봐. 아주 먼 세월이 흘러 네가 진짜로 녹아내리면 아마 너는 깨닫게 될 거야. 아무리 노력해도, 아무리 간절해도 결코 어울리지 않는 것들이 있다는 걸."

"더 이상 듣고 싶지 않아!"

십자가로 벌린 팔을 움츠린 쇼펜쥐는 뒤로 돌아섰다. 해는 밝아 어느덧 아침 9시를 넘어섰다. 눈사람의 말처럼 오늘의 날씬 유난히 따뜻했다. 그래 봐야 북쪽 마을의 날씬 추웠을 테지만 더 이상 서릿발 같은 칼바람이 불지도 않았고 함박눈이 나부끼지도 않았다. 이 세상엔 바야흐로 봄이 오고 있었다.

쇼펜쥐는 작은 다리 네 개로 성당 안을 뛰쳐나갔다. 쇼펜쥐의 뒷모습을 보며 눈사람은 참 많은 생각이 들었지만 그를 붙잡지 못했다. 이제부터 눈사람은 그가 진짜로 선택한 길을 가야 했기 때문이다. 쇼펜쥐도 없었고 그가 찾는 소녀와 벚꽃은 더욱이 없었지만 돌이켜 보면 원래 이 여정은 그렇게 부단히 홀로 괴롭고 슬픈 여정이었다.

다행히 아이들 실종 사건의 귀결은 유괴납치 사건이 아님으로 판명났다. 늦은 아침 11시가 되자 아이들의 행방이 제보되었다. 고시생의 제보였다. 숨죽이며 애타게 기다린 부모들, 이들의 심란한 마음을 달래 줘야 했던 경찰들 모두 안도의 숨을 내쉬었다.

더러 어떤 부모들은 울음을 터뜨리며 잃었던 어린양을 찾은 것에 대해 신께 감사했지만 몇몇 부모들은 그동안 마음 졸이며 품고 있던 걱정이 분노로 변하며 화를 가누지 못했다.

용의자를 물색하고 학교 인근부터, 학원 주변까지 온 경찰을 동원하여 샅샅이 뒤지던 반장도 안도의 한숨을 내뱉었다. 이를 따르던 김 피디는 반장이 전화를 받으며 목소리가 누그러지자 순간 사건이 마무리되었음을 직감했다.

"경위 보고서는 그냥……."

전화를 끊는 수사반장을 보고 이 순경이 조심스레 물었다.

"가출 사건으로 해야지. 뭐. 서리 마을, 희망 3길 쪽의 큰 성당이란다. 출발해."

너털너털하게 웃어버리는 수사반장의 표정이 지극히 남자다워 보였다. 절대 미용을 위해서 태우지 않은, 구릿빛 피부의 얼굴에 씨-익 웃는 모습이 덮치며 하얀 이만 도드라져 보였다.

"사건은 잘……."

김 피디가 상황을 훑으며 조심스레 물었다.

"예- 뭐. 잘. 네."

한동안 방송국 사람들에게 비굴하리만치 저자세로 일관했던 수사반장은 사건이 종결됨과 동시에 짐짓 거만해져 버렸다. 그의 목소리엔 이제부터 당신 눈치 볼 일 없으니 신경 끄쇼, 같은 말들이 맴돌아 있었다. 수사반장의 휴대전화가 다시 한 번 더 울렸다. 방금 전 받았던 번호와 같은 번호였다. 건들건들 차 안 조수석에서 의자를 한껏 내빼며 반장은 전화를 받았다. 조수석 뒤편엔 김 피디가 앉아 있었는데 이로써 아까 전 반장의 대답부터 무언가 자신이 천대받고 있다 느낀 김 피디는 자신이 실제로 천대받고 있음을 확신했다.

뭐? 전화를 받던 중 반장이 어이가 없다는 듯 되물었다.

"말이 돼? 그런 얘길 도대체 어떻게 윗선에다 올리라는 거야. 그러지 않아도 오늘 아침부터 병력 증원하고 사건 용의자 신상서 넘겨받느라 서장, 청장 너 나 할 것 없이 한껏 들쑤시고 다녔는데. 다시 한 번 알아봐."

반장은 시큰둥하게 전화를 끊어 버렸다.

"무슨 일입니까?"

이 순경이 운전대를 잡으며 눈치껏 물었다.

“아니- 애들 말이야. 애들 가출 원인.”

반장은 한껏 뒤로 젖힌 의자에 아주 기대어 버리며 편안히 누웠다. 결국 김 피디는 뒷좌석 왼편으로 약간 몸을 틀 수밖에 없었지만 그래도 반장의 얄미운 얼굴과 표정을 외면할 순 없었다. 그러다 또 앞으로의 일은 어떻게 해야 할지, 국장 얼굴은 어떻게 보며, 팀원들하곤 또 어떻게 말을 맞춰야 할지가 떠올라 그만 한숨을 내쉬고 말았다.

“뭔 뚱딴지같은 소리를 해대고 있어. 애들이 말하는 눈사람을 따라갔단다, 원.”

“크하하.”

“뭐라고요!”

운전대를 잡고 있던 이 순경이 천둥소리 비슷한 끔찍한 비명에 놀라 순간 운전대를 놓치고 말았다. 그래서 그들이 타고 있던 4인승 승합차는 아주 잠시간 차선을 이탈했지만 이내 이 순경이 운전대를 다시 잡아 큰 사고는 없었다.

“깜짝이야 정말! 뭐하는 거요?”

“방금 뭐라고 하셨어요! 말하는 눈사람?”

“네! 말하는 눈사람! 왜요!”

놀란 가슴 때문에 순간 엔도르핀이 확 돈 수사반장도 지지 않고 누가 이기나 언성을 높였다. 그는 다시 의자를 앞쪽으로 끌어당겼다. 이 정신 나간 미친 작자가 또 무슨 짓을 저지를지 모르니 안심할 수 없었다.

"어디에요! 거기가 어디냐고요!"

"지금 가잖아요! 제발 목소리 좀!"

결국 운전을 하던 이 순경이 참다못해 마지막으로 소리쳤다. 그리고 그제야 차 안은 조금씩 조용해졌다. 가끔씩 빨리 좀 부탁드리겠습니다, 제발. 알겠다고요! 등의 말만 조금씩 오갔다. 김 피디는 서둘러 자신의 휴대전화를 찾았고 지금 지방 각지에서 말하는 눈사람을 수배하고 있는 팀원들에게 메시지를 날렸다.

목적지를 향해 갈수록 식도 깊은 곳에서 이상한 아지랑이 비슷한 것이 피어 오는 것이 간질거려서 참을 수가 없었다.

서리 마을은 그렇게 먼 곳에 있지 않았다. 굽이진 언덕길을 돌아 아스팔트가 덜 깔린 비포장도로를 한 서너 분쯤 더 가면 마을 어귀가 보였고 가장자리엔 겨울을 이겨낸 매화꽃이 듬성듬성 피어있었다. 김 피디는 절세의 풍경 속에서도 마음을 다잡지 못해 몹시 심란하던 중이었다. 떨어진 꽃잎 하나가 자신에게 말을 걸어오듯, 오늘부터 시작된 봄바람에 살랑거리며 하늘에서부터 땅에 내려왔다. 허나 그곳의 봄은 따뜻해져 봤자 남쪽 마을의 초겨울쯤의 날씨밖에 안 되었다.

일차선 도로는 그 양 끝 가장자리의 깊은 도랑 탓에 아슬아슬 느껴졌다. 행여나 운전대를 잘못 잡았다간 그 자리에서 비명에 갈 수 있을 만큼 깊었다. 도로를 나와 이번엔 완전한 비포장도로를 달렸다. 자갈밭은 이방인에게 있는 힘껏 텃세 부리며 그들의 여정을 순탄치 못하게 만들었다.

세 쌍의 부모들은 모두 약속이라도 한 듯이 자녀들의 이름을 애타게 부르짖으며 그들에게 달려갔다. 선미야, 준희야, 도준아. 눈사람은 부모들의 애절한 목소리를 들으며 지금껏 자신과 함께 있었던 그 세 아이도 마땅히 이름이 있음을 새삼 실감하게 되었다.

소란스러운 사이렌 소리와 아이들 울음소리, 부모들의 안도하는 소리가 뒤엉키며 조용하고 거룩했던 성당은 아수라장이 되어버렸다. 그곳엔 다신 안 그러겠노라 아이들의 참회하는 소리도 있었고 평소 강인한 줄로만 알았던 아버지들의 재채기를 가장한 울음소리도 묻어 있었다. 동네 모든 사람들의 이목을 끌기에 충분했다.

소문이 좋지 않은 부부

쇼펜쥐마저 떠난 후 홀로 불청객이 되고 만 눈사람이 어색한 표정을 지으며 가만히 서 있었다. 어처구니없는 전화에 차 안에서 실소를 뿜었던 반장과 순경이 자신들의 눈을 비벼대며 다시 한 번 더 눈사람을 확인했다. 하지만 너무나 뚜렷했다. 눈사람은 살아 있었고 게다가 말을 하고 있었다.

김 피디는 조심스럽게 눈사람 곁으로 와 조바심 나는 마음을 감추고 뺨을 어루만져 보았다. 분명 물과 추위로 빚어진 눈임에 틀림없었다. 한 손으론 눈사람의 뺨을, 다른 한 손으론 자신의 놀란 입을 틀어막던 김 피디는 산삼을 발견한 심마니처럼 하마터면 '심 봤다!' 크게 외칠 뻔했다.

하지만 그것도 아주 잠시, 저기 멀리서 주인아저씨의 낡은 차가 보였다. 낡은 엔진 소리를 동반하며 눈사람 앞에 멈춘 차 안엔 역시 주인아저씨가 있었다. 어젯밤 한숨도 못 이룬 눈치인 주인아저씨가 차에서 내렸다.

"걱정했단다. 이제 집으로 오렴."

주인아저씨는 김 피디의 소란스러움을 경계했다. 얼핏 보아도 이 마을 사람이나 경찰은 아닌 듯싶었기 때문이다.

"저기 선생님 잠시만요. 혹시 이 눈사람의 주인 되시는 분이십니까?"

주인아저씨는 김 피디의 입에서 주인이란 말이 나오기가 무섭게 눈을 부라리며 매우 불량스럽게 한마디 내뱉었다.

"주인이요? 뉘신지 모르겠습니다만 댁은 엄연히 말하고 생각할 줄 아는 사람을 주인과 종으로 분리합니까? 불쾌하군요."

예상치 못한 주인아저씨의 냉대에 김 피디는 어리둥절해졌다. 자신이 말실수를 한 것일까, 다시 곱씹어 봤지만 실례될 말은 없었다.

얼른 가자 말하는 주인아저씨의 목소리가 한층 더 두꺼워졌다. 이대로 있다간 크게 혼이 날 듯싶었다. 하지만 눈사람은 걸음을 옮기지 않았다. 주인아저씨가 약간은 신경질적으로 눈사람의 나뭇가지 팔을 붙잡아 보았지만 눈사람은 한 발짝도 따르지 않았다. 주인아저씨의 얼굴은 점점 눈사람이 쓰고 있던 산타 모자의 색깔을 닮아갔다.

"저는……. 방송국에 가기로 했어요. 이건 제 선택이에요."

눈사람은 안간힘을 짜내어 최대한 담담하게 고백했다. 놀랄 줄 알았던 주인아저씨는 예상외로 묵묵히 눈사람의 말을 들어주다가 알고 있다고 한마디만 했다. 그러다 김 피디의 얼굴을 한 번 쓱- 살피고 다시 말했다.

"우리는 너희들을 기다리느라 어젯밤 한숨도 자질 못했단다. 오늘

새벽 6시쯤이나 되어서 겨우 잠이 들었지. 쇼펜쥐와 몹시 다퉜던 모양이구나? 쇼펜쥐가 오늘 아침 우리에게로 달려와 어젯밤 벌어진 모든 일들에 대해 설명해주었단다. 네가 방송국에 갈 거란 얘기마저."

주인아저씨가 입가에 아주 희미한 미소를 띠며 타이르듯 말했다.

"아저씨도 저를 말리고 싶으신가요?"

"말리다마다……. 말리다마다……."

끝내 아저씨는 그 우람한 체격을 가지고서도 눈물을 보였다. 처음엔 옅게 번진 빗방울처럼 스몄는데 나중엔 장맛비처럼 흘러내렸다.

"갈 테면 말리진 않겠단다. 하지만 무척이나 괴로울 거야. 너희 아줌마도 힘들겠지. 인사라도 하고 가렴."

주인아저씨는 눈사람의 연약한 팔을 꼭 붙잡으며 부탁했다. 이를 지켜보던 김 피디도 더 이상 아무 말을 하지 않았다. 아주 잠시 그들을 모른 척해주었다. 주인아저씨는 앞자리 조수석 문을 열어주었다. 눈사람은 껑충 그곳에 올라탔고 주인아저씨는 그 옆 운전석에 앉았다. 어쩐지 이러고 있으니 맨 처음 아저씨와 마트에 콜라를 사러 갔을 때의 느낌이 들었다.

처음 그들이 만났던 날, 눈사람을 보고 놀랐던 날, 주인아줌마가 쇼펜쥐의 원피스를 만들어 줬던 날들. 지금 돌아보면 어느 순간부터 그 날들이 모두 당연한 날들이 되어버렸는데 이별을 마주하니 모두 귀중하게 느껴졌다.

눈사람이 빠르게 흘러가는 창밖의 풍경들을 보며 꿈을 좇으며 산다는 게 정말 바보 같은 일인지, 처량하고 구슬프게 물었다. 차 안엔 따뜻한 공기가 흘러나왔다. 주인아저씨는 눈사람의 행동을 살피더니 조심스레 조수석 창문을 내려주었다. 차가운 바깥바람이 불어왔다. 창문이 내려가는 소리와 함께 아저씨의 덤덤한 목소리가 들렸다.

"네가 내게 처음 해주었던 말을 기억하니? 꿈을 좇는 사람들이 언제까지 미련해 보이는지 말이야."

"하지만 아저씨, 영원히 꿈만 좇다 사는 사람들도 있지 않을까요? 모두가 꿈을 이루고 살 수 없잖아요. 성당 안에 사는 고시생 아저씨가 얘기해 줬어요. 꿈을 이룰 수 있는 사람들의 수는 이미 정해져 있는데 우리는 모두가 다 그 꿈을 이룰 듯 믿고 산다고."

눈사람은 지난밤 몇 번이고 그 말을 떨쳐내 보려 애썼지만 도무지 자신의 머릿속에서 그 단어들이 떠나질 않았다. 그래서 아무도 없는 조용한 시간이 오자 눈사람은 혼자서 고민했던 말들을 주인아저씨에게 털어놓았다.

"혹시 아저씨도 꿈이란 게 있었나요? 남들은 모두 비웃었지만 아저씨는 꼭 이룰 것이라고 믿고 있던 꿈 말이에요."

비포장도로 위를 덜컹거리며 달리던 차가 멈춰 섰다.

꿈이라, 주인아저씨는 잠시 운전을 멈추더니 큰 상념에 잠겼다. 혼잣말로 되 봤지만 자신에겐 너무나 어려운 질문이었다. 복잡하고 어려운, 그리고 이제 와 후회되는 자신의 과거가 불현듯 스쳐 지나갔다. 만감이 교차하며 말할 수 없는 무거운 중압감에 잠시간 시달렸다. 어렵사리 운을 떼려 해도 하고 싶은 말이 목구멍 끝 언저리까지 차올랐다가 다시 가라앉기를 반복했다.

"나에게도 큰 꿈이 있었단다."

죽을힘을 다해 고백하는 목소리엔 애절함이 묻어나왔다. 그리고 가엾게 들렸다. 자신을 지독한 병에 걸렸던 환자라 고백하던 목소리는 어느새 안정을 되찾았고 지난 과거를 물 삼키듯 자연히 말했다.

주인아저씨가 주인아줌마를 만났던 것은 5년 전의 일이다. 그녀는 지금보다 더욱 아름다웠고 누구나 그녀를 보고 사랑에 빠지기에 충분할 만큼 세심한 구석이 있었다. 처음 얘기를 나눴을 때, 세상에 적응하지 못하고 촌스럽게 사는 구석이 서로는 무척이나 반가웠다. 둘은 여행 다니는 것을 좋아했고 모험을 사랑했다. 요즘 나오는 대중가요보단 70년대의 클래식 기타 음악을 향수했다.

그래서 주인아저씨는 사랑해선 안 되는 것을 사랑해 버린 지독한 병에 빠졌는데 그의 입을 빌리자면 그것은 신의 저주라 말했다. 이미 결과가 예정된 시험을 치르는 아담과 하와처럼, 원래 부인과 슬하에 두 아이를 두었던 아저씨는 뱀의 꾐에 빠져 선악과를 따고 말았다. 말하자면 지금 있던 주인아줌마는 주인아저씨의 정부였던 셈이다.

이제 와 돌이켜 보면 그것이 정말 신의 잘못이었는지 본인의 선택이었는지 기억조차 흐려지고 있었다. 원래 부인에게 큰 상처를 남기고 그는 지금의 주인아줌마를 만났다. 지금의 주인아줌마는 원래의 그녀보다 더 젊고 도전적이었다. 누구보다 자신을 더욱 이해해주었으며 우리는 다르다 느끼기에 충분할 만큼 그녀는 분명 다른 면모가 있었다. 떼 잡아 무어라 분명하게 말할 순 없었어도 그녀는 분명 달랐다.

가졌던 모든 것을 포기하고 다시 모든 것을 건 사랑이 시작됐다. 새로 핀 꽃은 훨씬 그윽했으며 아름다웠고 매혹적이었다. 새로 핀 꽃에게서 느끼는 감정은 그 모두가 새로 느껴 보는 감정이었고 이전에 느꼈던 같은 기분보다 훨씬 자극적이었다. 그래서 아니라는 걸 알면서도 그 독에 취해 바보가 되어버리고 말았다.

나비가 슬퍼한다고 봄날이 영원할 수 없듯 장미의 아름다움은 그리 오래 가지 못했으며 곧 가시의 생채기가 시작됐다. 처음 몇 번의 다툼은 생채기가 아물 적마다 한 번씩 찾아왔기에 그럭저럭 견딜 만했지만 주기가 짧아진 다툼은 이전번의 생채기가 채 아물기도 전에 또 다른 상처를 냈다. 그 과정이 반복되어 갈수록 면역은 약해졌고 상처는 곪아, 터질 지경에 이르렀다.

"너를 보니 점점 확실해져 가는 기분이란다. 나는 벚꽃을 사랑할 줄만 알았지 내가 눈사람이란 걸 몰랐던 거야."

말을 하면서도 눈사람의 기분을 살피던 주인아저씨는 마저 말을 이었다.

"이 말을 듣는 너의 기분이 좋진 않겠지만 어찌 됐건 나에겐 너의 의미가 고맙단다. 아무래도 나는……. 무거운 결정을 내려야 할 때가 온 게로구나."

주인아저씨의 회한을 들으며 무어라 위로를 건네고 싶었지만 눈사람은 말을 아끼기로 했다. 아줌마와 아저씨의 내막을 알고 난 것 또한 충격이 컸던 터라 어안이 벙벙했다. 그리고 한편으론 담담했다. 왜 이 마을 사람 모두가 주인 부부를 '소문이 좋지 않은 부부'라 말하는지 덜컥 이해가 돼버렸기 때문이다. 그리고 아저씨가 말한 그 무거운 결정이 무엇인가에 대해 심히 걱정이 되기도 하였다.

언덕 위의 외로운 오두막집에 도착한 눈사람은 주인아줌마의 애절한 눈빛을 마주하고 싶지 않았다. 그녀는 너무나 슬픈 눈으로 눈사람을 바라봤다. 아직은 추운 이 겨울날에 눈사람에게 무어라도 챙겨 주고 싶었지만 그녀가 만든 목도리는 눈사람에게 불필요했다. 따뜻한 코코아를 권할 수도 없었고 손수 만든 베이컨을 줄 수도 없었다. 비로소 눈사람과 자신이 얼마나 어울릴 수 없는지 새삼 깨달았다.

"정말 가기로 아주 마음먹은 것이니?"

주인아줌마는 글썽이며 물었다. 목소리엔 안타까움이 잔뜩 묻어 나왔다. 눈사람은 아무 대답도 할 수 없었다. 말머리가 터져 나오기도 전에 울음부터 왈칵 쏟아져 나올 것 같았기 때문이다. 담벼락 멀리서 애꿎은 돌을 발로 차던 쇼펜쥐가 눈사람을 바라봤다. 그러다 이미 결심이 서버린 눈사람의 표정을 보며 홱- 하니 뒤돌아 어디론가 훌쩍 떠나버렸다.

떠나가는 쇼펜쥐의 뒷모습도 아련했지만 눈사람은 주인아줌마의 표정을 보고 찌릿거리는 마음을 주체할 수 없었다. 눈사람의 힘없는 목소리를 들은 주인아줌마는 더 이상 그를 만류하지 않았다. 주머니 속에서 주섬주섬 무언가를 꺼내었다.

주인아줌마는 투명한 페트병 안에 담긴 콜라를 건넸다. 그리고 그동안 자신이 열심히 공들여온 분홍색 스웨터를 어려운 손길로 건넸고 눈사람은 받아두었다. 주인아줌마가 줄 수 있는 유일하면서도 마지막 선물이라 생각하기로 했다.

주인아저씨가 담담한 목소리로 이젠 떠나자꾸나 속삭였다. 눈사람은 무거운 발걸음을 겨우 옮기며 차에 올라섰다. 주인아줌마는 마지막까지 자리를 지켰다. 하지만 쇼펜쥐는 없었다. 어디선가 훔쳐보며 눈물을 닦아 내렸을지도 모르지만 쇼펜쥐는 끝끝내 나타나지 않았다.

차에 오르기 전 눈사람은 가녀린 눈빛으로 주인아줌마와 아저씨 그리고 선물받은 분홍색 스웨터를 번갈아 보았다. 잠시간 어색한 기운이 긴장감 있게 흘렀다. 눈사람은 차에 오르려다 말고 눈물을 글썽이며 주인아줌마를 다시 한 번 더 응시했다. 그녀의 눈에도 같은 아쉬움이 뒤섞여 있었다. 눈사람은 그런 그녀에게 다시 천천히 다가갔다. 그리고 조용히 말했다.

"아줌마 그리고 아저씨. 때론 세상이 인정해주지 않는다 해도 나에게만은 꼭 어울리는 게 있지 않을까요?"

그리고 다시 주인아줌마에게 발걸음을 옮기며 앙상한 나뭇가지 팔에 들린 분홍색 스웨터를 돌려주었다.

"저에겐 어울리지 않아요. 입을 수도 없고. 이 옷이 어울릴 만한 아이를 알고 있어요. 문방구라는 아이예요. 엄마는 원래 없었고 아빠는 이제 없는 아이예요. 하지만 그 아이에겐 엄마, 아빠가 절실해요. 이 스웨터는 나보다 그 아이에게 어울릴 것 같아요."

눈사람은 마지막으로 분홍 스웨터를 주인아줌마의 손에 건넸고 아무 말 없이 차에 올랐다.

방송국으로

보도국장은 주체할 수 없는 감정에 휘말려 이성을 찾을 수 없었다. 그래서 말하는 눈사람을 찾았다는 김 피디의 전화에 몇 번이고 재차 확인하며 미심쩍어했다. 그러다 김 피디가 보내준 동영상 메시지를 보고 나서야 다시 '설마!' 하기 시작했다.

"필요한 물품은!"

동영상을 확인하자마자 국장은 얼른 다시 전화를 걸고 다그치듯 물었다.

"차가운 삼중 냉각 드라이아이스가 필요합니다."

"물론이지. 또?"

"북쪽 마을에 사는, 이름은 지영이란 아이가 있대요. 지금은 남쪽 나라 벚꽃이 피는 마을로 갔다는데요. 혹시 찾아봐 주실 수 있습니까?"

"북쪽 마을? 한두 군데가 아니잖아. 정확히 어디쯤 살았는데?"

"글쎄요. 그걸 모른다 하네요."

"알겠네. 최대한 알아보지. 또?"

"지원 사격해줄 팀원 다섯 명도 괜찮을까요?"

"물론이지. 또?"

김 피디가 어떤 것이든 요구할 적마다 국장은 그 밖의 필요한 다른 것들을 물어왔다.

"지금은 운전 중이니 방송국 근처에서 다시 연락드리겠습니다."

"그래, 그래, 그래야지. 암- 운전 중에 통화를 하는 건 도로교통법 위반이지. 내 미처 거기까진 생각 못 했어."

"예- 그럼."

"아니, 잠시만 김 피디, 잠시만. 근데 말이야 대관절 눈사람이 왜 말을 하게 되었지?"

끊으려는 김 피디의 전화기를 말리며 국장이 물었다. 김 피디가 이에 대해 대답하자 국장의 눈은 휘둥그레졌다.

"예, 벚꽃을 찾는 중이랍니다."

"아니에요. 벚꽃을 찾는 게 아니라 벚꽃을 찾아 떠난 지영이란 아이를 찾는 거예요."

수화기 너머로 눈사람은 자신이 말하는 이유를 적극적으로 설명했다. 눈사람의 생생한 목소리를 들으니 국장은 더욱 신이 나 몸이 떨렸다. 국장의 호들갑과 비례하여 방송국 관계자들은 분주해졌다. 국장은 모처럼 현장을 직접 지휘하며 무대를 살폈다. 눈사람이 도착하기 한참 전부터 방송은 시청자들의 흥미를 끌 만한 타이틀을 연이어 보도하며 사람들의 호기심을 자극했다.

국장의 부하 직원 조연출들은 서둘러 전문가들을 섭외하기 바빴다. 명망 있는 대학 교수부터 심리학자들까지, 도대체 이 말도 안 되는 현상이 어떻게 눈앞에서 벌어질 수 있는 건지 각계의 전문적인 조언이 필요했기 때문이다.

물리학 분야에서 국내 최고 권위를 가진 박 교수는 방송국의 전화에 한참 동안 당황스러울 수밖에 없었다. 그동안 소문으로만 무성하게 들었던 존재가 실재하다니, 자칫하다간 지금껏 자신이 쌓아온 아성에 순식간에 금이 갈 만한 문제였다. 과학적으로 생각하자, 과학적으로. 하지만 도무지 과학적인 근거를 갖출 수 없었다. 유기체도 아닌 존재가 어떻게 말을 할 것이며 또 인간이 만들어낸 고도의 문명인 언어를 소유할 수 있다니. 그가 할 수 있는 유일한 탐구는 열역학적으로 보아 눈사람이 얼마나 장시간 동안 이곳의 날씨에 버틸 수 있으며 그가 녹아내리지 않기 위해서 우린 무얼 할 수 있는가를 찾아내는 일뿐이었다.

물론 이 열역학의 문제 또한 얼마 전 초등학교 3학년짜리의 엉뚱한 질문에 골머리를 앓고 있던 터였다. 하지만 지금은 시간이 없었다. '뜨거운 공기는 위로 올라가고, 차가운 공기는 밑으로 내려가는데 왜 높은 산은 올라갈수록 추운가요?'라고 쓰인 편지를 잠시 옆에 두고 박 교수는 다른 고민을 시작했다.

남쪽 나라 방송국으로 향하는 길은 설레면서도 두려웠다. 자동차가 고속도로를 달릴수록 눈사람은 점점 버티기 힘들어졌다. 눈사람이 체감하는 온도 차는 너무나 분명한 것이어서 머리가 핑 돌고 숨이 가빠왔다. 이를 의식한 김 피디는 임시방편으로 차 안 창문을 모두 닫고 에어컨을 최대한으로 켜놓았지만 눈사람은 여전히 적응하기 힘들어했다. 이럴 때 쇼펜쥐라도 옆에 있었다면 속사포 같은 말솜씨에 고통을 잠시 잊을 수 있을 것만 같았지만 녀석은 이미 눈사람 곁을 떠난 지 오래였다. 눈사람은 건너편에 핀 꽃들의 형형색색 빛깔들을 보며 쇼펜쥐도 왔으면 참 좋았을걸, 잠시 상념에 빠졌다.

평소라면 겨우 하루 이틀에 도착할 남쪽 나라였지만 김 피디는 속력을 낼 수 없었다. 아주 조그만 기온 차에도 눈사람의 몸은 쉬이 녹아내리고 말기 때문이다. 꼬박 이틀을 달렸지만 목적지까지 채 반도 가질 못했다.

눈사람은 눈사람 나름대로 지쳐가기 시작했다. 고된 여정이 될 줄은 알았지만 이렇게까지 자신이 힘들 줄은 예상치 못했다. 아무리 에어컨 바람이 차가워도 그것이 완벽한 겨울 날씨를 흉내 낼 순 없었다. 게다가 내부 온도가 추워지는 건 눈사람에게만 이로웠지 사람인 김 피디에겐 견디기 어려운 매우 힘든 일이었다.

그나마 차창 밖 빠르게 지나가는 봄 날씨의 풍경이 위로가 돼 주었다. 색깔에 비유하자면 봄은 노란색을 닮아 있었다. 겨울이 하얀 무채색이었다면 봄은 노랗고 파란 유채색이었다.

"인간은 색깔을 좋아한다."

언젠가 쇼펜쥐가 하얀 눈을 보며 나지막이 했던 얘기가 떠올랐다.

"인간은 왜 색깔을 좋아하니?"

"그건 편을 가르기 쉽기 때문이야. 인간은 항상 하얀색이면 하얀색, 검은색이면 검은색, 이렇게 편을 갈라 싸운다. 서로 부모의 원수라도 되는 듯 미워하고 비난하지. 그런 걸 흑백논리라고 해."

"그럼 흰색도 검은색도 아니면 되잖아?"

"그럼 회색분자라 해서 흰색, 검은색 둘 다한테 욕을 먹지."

"사람은 꼭 누군가에게 상처를 주기 위해 사니?"

눈사람이 아리송하게 물었다. 하지만 그때 당시 쇼펜쥐가 무어라 답했는지 기억이 나질 않는다. 지나는 거리 곳곳에 얇은 옷을 입고 뛰어노는 아이들이 보였다. 확실히 북쪽 나라보단 더 활동적으로 보였다.

눈사람의 몸이 반쯤 녹아내릴 무렵 지원팀이 도착했다. 그들은 김 피디의 후배로, 보도국장의 특사와도 같았다. 그들은 얼음덩이와 세상 제일 차가운 드라이아이스를 짊어지고 왔는데 다행히 덕분에 눈사람은 한숨 돌릴 수 있었다. 허나 이곳의 날씨는 너무 따뜻해져 버렸기에 눈사람은 이미 많이 녹아있었다. 얼굴과 몸이 반쪽 가까이 되어버린 눈사람은 예전처럼 활발해 보이는 모습이 아니었다.

지원을 받은 김 피디는 다시 출발 길에 올랐다. 서둘러 속력을 내고 싶었지만 급할수록 돌아가는 길을 택했다. 다 된 밥에 재를 뿌릴 수는 없었다. 두꺼운 파카를 꽁꽁 둘러싼 인간과 눈사람의 기묘한 동거가 시작되었다. 너무 급작스럽게 온도가 변하지 않도록 김 피디는 서서히 속력을 내었다. 다른 팀원들이 탄 차는 일정 거리를 유지하며 김 피디의 뒤를 따랐다.

이틀이면 닿을 거리를 한 주에 걸쳐 아주 천천히 도착하게 되었다. 방송이 시작되기 한참 전에 눈사람은 방송국에 도착했다. 눈사람은 난생처음 보는 휘황찬란한 높은 건물 앞에 약간은 어지러움을 느꼈다. 그것이 녹아내린 몸뚱이 탓에 생긴 빈혈인지, 놀란 가슴 탓에 생긴 일종의 감탄인지 한마디로 정의 내리기 힘들었다. 어쩌면 몇 주 내내 하루도 거르지 않고 먼 길을 떠나온 여독인지도 몰랐다.

이중 삼중의 드라이아이스를 겹겹이 싼 눈사람은 감싸진 몸만큼이나 엄중한 경호를 받으며 방송국 사장실로 향했다.

눈사람이 엘리베이터를 기다리는 동안 멋지고 잘생긴 별별 사람들이 오가며 눈길을 보냈다. 그중 몇몇은 텔레비전 광고에서 한 번쯤 보았던 낯익은 사람들도 있었는데 그 어느 누구 하나 말하는 눈사람을 보며 신기해하지 않는 사람들이 없었다.

"어머, 저것 좀 봐. 세상에 정말일까? 정말 말하는 눈사람이 있을까?"

어떤 말들은 너무나 분명하게 들려 결코 그것이 수군대는 말이 아닌 것처럼 들렸다. 대놓고 눈사람에게 말하는 것 같았다.

"누가 말 좀 시켜 보지 그래? 우리가 물으면 대답할까?"

방송국 연예인들은 세상 사람들이 자신들을 볼 적에 으레 그러했듯, 똑같이 뒤에서 신기해하며 관심을 보였다. 굳이 눈사람이 말을 하지 않아도 그들은 눈사람이 자유의지로 걷는 것을 보며 결코 평범치 않음을 느꼈다.

엘리베이터가 도착하고 눈사람과 김 피디는 단둘만이 몸을 실었다. 밀폐된 공간이 체온으로 데워질까 염려됐기 때문이다. 아주 잠시간 동행했던 후배 피디들은 왠지 모를 아쉬운 입맛만 다시며 그들을 배웅했다.

사장실은 이 건물 가장 위층에 있었다. 가는 도중 두세 번 정도 엘리베이터가 멈춰 서긴 했지만 그때마다 김 피디가 딱딱하게 '사장실.'이란 말을 내뱉으니 기다리던 사람들이 꼼짝 못하고 길을 내줬다. 그래서 눈사람은 모르긴 몰라도 지금 만나러 가는 사람이 아주 큰 위인일 것이라 여겼다.

가장 꼭대기 층에 도착하니 역시 예상대로 분위기가 남달랐다. 엘리베이터가 멈춰 설 때마다 곁눈질로 봐왔던 그런 식상하고 찌든 인테리어가 아니었다. 고풍스러운 느낌에 정리정돈이 완벽한, 아주 이상적인 공간이었다. 김 피디는 열림 버튼을 누르고 눈사람에게 먼저 길을 양보했다.

국장은 사장실에 들어가기도 전에 만날 수 있었다. 그는 사장실 문 앞을 서성이며 오매불망 눈사람만을 기다리고 있었다. 그는 눈사람이 도착하기 전까지 하루도 빠지지 않고 눈사람의 안부를 물었을 정도로 이 사건에 노심초사하고 있었다. 김 피디가 눈사람을 데려오자 국장은 마치 왕이라도 알현하듯 눈사람에게로 달려와 무릎을 꿇고 눈을 맞췄다.

"국장님, 지영이란 아이는……."

"알아보고 있는 중이야. 찾아야지 암. 전국 방방곡곡을 뒤집어 논다 해도 찾아내야지."

"정말인가요?"

너무나 절박했기에 물었던 질문인데 국장은 너무 기뻐 소리를 지를 뻔했다.

"세상에 지금 뭐라고 했지? 나한테 말을 한 거니?"

눈사람은 국장이 떠는 호들갑이 부담스럽게 느껴져 아무 말도 하지 않았다. 쇼펜쥐의 말처럼 남들의 웃음거리가 된다는 것은 대단히 치욕적인 일이었다.

"바로 내려 보내지."

"벌써요?"

"벌써가 아니라 인제네. 얼른 출연자 대기실로 보내. 얼음이든 드라이 뭐시기든 넉넉하게 꽉꽉 채워 놓고 말이야. 출입 엄하게 통제해."

마지막으로 국장은 눈사람의 반쯤 야윈 어깨와 몸뚱이를 보며 다시 한 번 더 신신당부했다.

"문제 생기면 우리 다 끝장이야. 책임감 있게 행동해."

국장은 사장실 안으로 들어가 버렸다. 예의상 면전에 대고 '수고했네' 한 마디라도 위로받을 줄 알았던 김 피디는 적잖이 실망하고 있었다.

언젠가 쇼펜쥐는 눈사람에게 감옥에 대해 말해준 바 있다. 그곳은 지독히 외로운 곳이며 죄를 지은 몹시 나쁜 사람들이 모여 자기 죄를 반성하는 곳이라 말했다. 거기에서는 숨을 마음껏 쉴 자유 빼곤 아무런 자유도 보장받지 못하고 성질 사나운 죄수들끼리 모여 더욱 악랄해져 돌아오는 곳이라 말했다.

먼 얘기인 줄 알았지만 대기실에 갇혀 있던 눈사람은 혹시 쇼펜쥐가 말한 감옥이 이곳이 아닐까 되뇌 봤다. 숨이 막힐 만큼 첩첩산중 쌓아올린 얼음과 드라이아이스 탓에 그 누구도 눈사람이 갇힌 대기실에 들어올 엄두를 못 냈다. 아무리 눈사람이 차가운 날씨를 좋아해도 마음마저 차가워지고 싶진 않았다.

이따금 대기실 바깥에선 사람들 웅성거리는 소리가 들렸지만 그 웅성거리는 메아리와 얘기를 나눌 순 없었다. 다행히 대기실엔 여러 가지 신기한 물건들이 많이 놓여 있었기에 심심치는 않았다. 호기심 많은 눈사람은 이것저것 둘러보다 이상하게 생긴 물건을 하나 집어 들었다. 그러다 실수로 무슨 버튼을 눌렀는데 그 물건의 입가에서 뜨거운 공기가 뿜어져 나왔다. 놀란 눈사람이 물건을 떨어뜨려 버렸는데 입가에서 뜨거운 바람을 내뿜던 물건이 떨어지며 둔탁한 소리를 냈다.

어찌할 줄 모르고 당황하던 차에 대기실 문이 열렸다. 그리곤 키 작은 여자 하나가 황급히 들어왔다. 그 여자는 아줌마라 하기엔 어려 보였고 아가씨라 부르기엔 많아 보이는 어중간한 얼굴의 여자였다.

어중간한 여자는 능숙하게 물건을 다룰 줄 알았다. 그는 눈사람이 눌렀던 작동 버튼을 다시 눌러 뜨거운 바람을 멈췄다.

"이건 헤어드라이어라고 해."

"헤어드라이어요?"

"응, 머리를 말릴 때 쓰는 물건이지."

여자는 또다시 작동 버튼을 눌러 그것의 용도를 설명해주었다.

"이렇게 작동 버튼을 아래로 내리면 차가운 바람이 나오지."

드라이기는 이번엔 입가에 차가운 바람을 내뿜었다. 여자는 시원한 바람이 불어 나오자 그것을 눈사람에게 쏘아주었다. 눈사람은 그 여자에게 누구인지를 물었다.

"나는 너를 지키고 있는 아주 막중한 임무를 맡은 사람이지. 엄밀히 말하자면 코디네이터라는 직업을 가지고 있는 사람이야. 비록 인턴이긴 하지만."

"코주부리터가 뭐죠?"

"코주부가 아니라 코디! 의상이나 화장을 담당하는 사람들이야. 연예인들이 방송 화면에 더욱 예쁘게 비치게 하기 위해 우린 그를 가꾸는 역할을 한단다."

"그럼 인턴은 뭐에요?"

"인턴? 그건 아주 못된 거란다. 설명하자면 길겠지만 한마디로 말하자면 정직한 노동력을 착취할 수 있는 가장 정당한 방법이라고나 할까?"

여자는 자신의 헐벗은 소개에 약간은 씁쓸해진 모양이었다. 텅 빈 의자 한 곳에 털썩 주저앉더니 다음 말을 이었다. 눈사람은 그녀에게서 들은 말을 어디선가 들은 적이 있는데 하며 아리송해 있었다.

"네가 말하는 눈사람이구나. 너에 대해 모를 사람은 이제 없겠지. 들자하니 서리 마을에서 왔다던데?"

"그 마을을 아시나요?"

"왜 모르겠니? 나 또한 그 마을에서 어린 시절을 보냈단다. 잊고 싶은 기억도 많고 말이야."

인턴 여자는 헤어드라이어의 아귀를 전깃줄로 칭칭 감고 단정하게 한편에 뉘였다. 그리고 뼈아픈 추억이 떠올라 말끝을 흐리고 있었다.

"벚꽃을 찾고 있니?"

"네. 더 정확히 말하자면 벚꽃을 찾아 떠난 지영이란 소녀를 찾고 있어요. 제가 진짜로 찾는 건 소녀예요. 하지만 소녀가 벚꽃을 찾아 떠났고 난 소녀가 어디에 있는 줄 모르니 무작정 벚꽃을 찾기로 한 거예요."

"조금 어렵구나. 눈사람이 소녀를 사랑한 것도 이해하기 힘들고."

"누구에게나 자신의 꿈은 있잖아요? 누나도 꿈이란 게 있을 테죠?"

"그래, 아무렴. 왜 아니겠니? 무슨 꿈을 꾸든 구질구질한 내 현실보단 낫겠지. 어찌 되었건 나는 너에 대해 총 책임을 맡게 되었단다. 너의 건강 상태부터 미용까지. 필요하다면 언제든 나를 호출해도 좋아."

인턴 여자는 마지막 말을 남기고 서둘러 자리를 피했다. 사실 그녀도 눈사람에게 궁금한 것이 이것저것 많았지만 얼른 자리를 피하려 했다. 가뜩이나 윗선에서 공을 들이고 있는 일인데 불필요한 오해를 사고 싶지 않아서였다. 그렇게 된다면 정말 어렵게 잡은 이 인턴의 기회마저 박탈되고 말 테니 말이다.

인턴 아가씨

금방 끝날 줄 알았던 방송 출연은 닫히지 않은 출입문처럼 긴 꼬리를 늘어트리며 질질 끌고 있었다. 방송을 앞둔 몇 분 전에 모든 방송은 취소되었고 일주일이 지난 지금까지도 해결의 실마리가 보이질 않았다.

"무엇보다 과학적 검증이 필요할 때입니다."

"물론 과학적 검증도 중요하지만 국민이 떠안게 될 충격 여파도 계산해야죠. 정말로 이번 방송이 옳은 길일까요?"

원탁 의자에 둘러앉아 있던 국장, 김 피디, 물리학자, 추기경, 이사장 등등이 이 문제에 대해 골머리를 앓고 있었다.

"만일 말하는 눈사람이 누군가의 계획된 농간이라면요? 저 안에 사람이 들어 있지 않다는 확신을 할 수 있습니까?"

물리학자는 말하는 눈사람의 존재가 아직도 확신할 수 없는 문제라며 보다 객관적인 과학적 증명을 요구했다. 저 안엔 사람이 들어 있을 수도 있고 아니면 인공지능을 탑재한 프로그램이 세상을 희롱하고 있는 것일지도 모른다 말했다. 만일 이러한 최소한의 검증 절차 없이 무작정 전파를 타게 된다면 방송계가 이에 대해 감당할 수 있는가를 물으며 중압감을 실었다. 그러니 이번 일은 권위 있는 과학계에 의뢰하여 전문가의 소견을 충분히 검토한 뒤 방송을 진행해야 한다고 주장했다.

이에 비하면 추기경의 입장은 더 보수적이었다. 말하는 눈사람이 존재하든 안 하든 간에 이것이 세상에 알려지는 게 과연 바람직한 일인가 물었다. 이 세상엔 수많은 진실들이 있지만 꼭 모든 진실이 대중에 알려지는 게 결코 이로운 일이 아니라 말했다. 그래서 그는 고작 사람들의 이목과 시청률에 연연해하는 방송계의 태도에 큰 불만을 가지고 있었다. 설사 말하는 눈사람이 정말로 눈앞에 있다 하더라도 대중들이 떠안게 될 큰 혼란을 고려해 이는 철저히 비밀에 부쳐야 한다고 주장했다.

며칠 토론을 거치면 입장 차를 좁힐 수 있으리라 믿었던 방송 회의는 며칠째 타협을 볼 수 없었다. 외려 서로의 생각이 얼마나 다른지만 확인하며 감정의 골만 깊어져 가고 있었다. 아홉 번째 대담이 끝나고 각자 위치로 돌아가는 길에 김 피디가 먼저 국장에게 넌지시 요구했다.

"국장님 그냥 방송 내보내시는 게 어떻습니까. 우리가 저 사람들 말 꼭 들을 필요 있습니까?"

"같은 생각일세."

"그럼 방송 일정 잡아주십쇼. 지금 말하는 눈사람은 하루가 다르게 수척해지고 있습니다. 애먼 데 시간 쏟다간 그동안 공들였던 일이 다 허사가 될 겁니다."

김 피디는 자신이 애써 세웠던 공이 다 허망하게 끝나진 않을까 걱정에 휩싸여 있었다.

"그게 그리 말처럼 쉬운 게 아니야. 회의 때 못 들었어? 박 교수 말이 틀린 말은 아니야. 진짜로 저게 말하는 눈사람인지 아니면 안에 사람이나 인공지능 프로세서가 탑재되어 있는지 자넨 확신하냔 말이야."

"아니, 어떻게 인공지능이 있다고 눈사람이 말을 하고 걸어 다닐 수 있겠어요? 상식적으로 너무 엉뚱한 질문 아닙니까?"

"그럼 걸어 다니고 말하는 눈사람은 지극히 상식적인 일인가?"

국장의 강경한 어조에 김 피디는 입을 닫고 말았다. 자신이 생각해 보아도 이는 보통 문제가 아니었다. 만일 이것이 전파를 타게 된다면 이는 비단 이 작은 나라뿐만 아니라 전 세계의 이목을 끌 것이니 책임감이 앞설 수밖에 없었다.

"확실한 증거 말이야. 아주 명확한 증거. 말하는 눈사람이 있을 수도 있다는 과학적 증거! 그게 필요해."

"그럼 조속히 과학계에 의뢰하시죠?"

"추기경은? 저 여우 같은 추기경은 어쩌고? 행여 저 능구렁이한테 걸리기라도 했다간 뒷감당을 어쩌려고."

"이사장님이 막아 주시면 안 되겠습니까?"

"이사장이 뭔 수로 막겠나? 돈 몇 푼 쥐여준다고 일이 쉽게 해결될 줄 알아?"

"그럼 어쩌잔 말씀입니까? 눈사람이 이대로 물로 돌아가 버리게 보고만 계실 겁니까?"

김 피디와 국장의 걱정처럼 눈사람은 정말로 하루가 다르게 수척해져만 갔다. 처음 남쪽 나라로 향하며 반쯤 녹아내린 몸뚱이는 이곳에 온 뒤, 그 상태의 또 반으로 녹아내려 갔다. 김 피디와 국장은 어마어마한 돈을 써 가며 눈사람을 냉동 창고에 가둬 두고 시간을 벌려 했지만 눈사람이 가만있질 못했다. 눈사람은 헛헛하고 외로운 냉동 창고에 있는 기분이 꼭 감옥에 갇힌 죄수가 된 기분이라 좀체 그곳에 있지 않으려 했다.

냉동 창고에 갇혀 하루 종일 빈 벽만 바라보고 있던 눈사람은 무척이나 외로움에 지쳐 있었다. 약속을 어기고 냉동 창고 문밖을 나갔던 일이 한두 번이 아닌지라 이젠 아예 냉동 창고 문밖에 자물쇠가 걸려 있었다. 자전거 바퀴를 감는 오관절락 체인이었다.

이따금 웅성거리는 소리가 반가워 문 옆에 쫑긋 귀를 대면 자신의 처량한 처지가 더욱 실감이 나곤 했다. 눈사람은 점점 후회가 되기 시작했다. 가끔은 쇼펜쥐의 말처럼 자신이 이 세상을 너무나 모르고 있었다고 자책했다. 방송에 출연만 하면 소녀를 찾을 수 있을 것만 같았는데 이 세상이 그리 호락호락하지 않았다.

눈사람이 냉동 창고에 있다는 사실을 아는 사람은 국장, 김 피디, 그리고 그를 관리하는 인턴 아가씨뿐이었다. 하지만 냉동 창고 바깥에서 걸어 잠근 오관절락의 비밀번호는 그녀 또한 몰랐다. 그를 아는 건 김 피디와 국장뿐이었다. 그래서 그녀는 굳게 닫힌 문을 열어줄 수 없는 것에 대해 적잖이 미안한 감정을 가지고 있었다.

인턴 아가씨는 눈사람과의 첫 만남 이후 왠지 모를 찝찝한 기분을 느끼고 있었다. 지금 자신이 정말 이래도 되는 건지, 이게 옳은 일인지, 하지만 내가 이 일마저 잃는다면 어떻게 살 것인지. 그렇게 생각이 꼬리를 물다가 어느 순간엔 내가 왜 눈사람에게 동정을 하는지, 단순히 그가 자신과 같은 마을 사람이어서 그러는지 아니면 내 지긋지긋한 현실에 누구라도 붙잡고 싶은 심정이었는지가 번갈아 헷갈리면서 심란한 생각이 자꾸 들었다.

인턴 아가씨는 종종 눈사람 곁에 와 많은 얘기를 나눠 주었다. 두께가 두꺼운 냉동 창고의 문, 그리고 거의 완벽에 가깝게 공기가 차단된 문 때문에 소리가 잘 들리진 않았지만 고요한 밤에 얘기를 나누기엔 불편함이 없었다.

눈사람은 매일같이 쇼펜쥐와 문방구의 얘기를 들려주었다. 쇼펜쥐의 말투가 얼마나 얄미우며 문방구가 상상하기 힘들 정도로 엉뚱한 아이라는 것을 하나도 빠짐없이 얘기해주었다. 그러면서도 늘 그들이 보고 싶다는 말을 빼놓지 않았다. 특히나 문방구가 지금 어떻게 지내는지, 주인 부부가 눈사람의 말을 어떻게 받아들였는지 몹시도 궁금해 했다. 눈사람은 문방구를 기억해낼 때면 가슴이 저릿해 오며 측은한 감정이 들었기 때문이다.

"눈사람아, 그 문방구란 아이에게 전화를 해보는 건 어떻겠니?"

"하지만 저는 주인아줌마네 전화번호를 모르는 걸요."

"그렇담 편지를 써보자. 그곳 주소라면 나도 손바닥 보듯 훤히 꿰뚫고 있단다."

"주인아줌마네 주소에 편지를요?"

"그 집 주소는 모르지만 그 아이가 자주 오갔던 문방구의 주소는 내가 잘 알고 있단다."

인턴 아가씨는 더 하고픈 말이 있었지만 이제는 씁쓸한 추억이 돼버린 얘기라 더 이상 자세히 얘기하진 않았다.

"하지만 일이 잘못되었으면요? 문방구가 너무 말썽을 피워 주인아줌마도 그 아이를 싫어해버렸을 수도 있지 않나요?"

눈사람이 기어들어가는 목소리로 대답했다.

"그건 걱정 말렴. 누군지는 몰라도 너의 얘기를 들어보니 분명 좋으신 분인 것 같구나. 처음엔 주인 부부에 대해 안부를 묻는 것으로 시작하자."

인턴 아가씨는 뭉툭한 볼펜 한 자루와 빳빳한 엽서 한 장을 바닥에 대고 정성스레 손글씨를 써 나갔다. 안부를 묻고 싶은 사람들의 수는 많았지만 눈사람은 간략하게 주인 부부, 고시생, 문방구의 안부만 묻기로 했다. 그러다 아주 마지막에 쇼펜쥐가 생각나 허겁지겁 녀석의 안부를 빼놓지 않았다.

"고시생 아저씨는…… 누구니?"

인턴 아가씨는 낯선 남자의 이야기에서 익숙한 기분이 들고 말아 넌지시 물었다.

"그냥 불쌍한 분이에요. 저처럼 이루지 못할 꿈을 사랑한 사람이라고 자신을 소개했어요."

석연치 않은 구석이 있었지만 인턴 아가씨는 그냥 모른 척하기로 마음먹었다. 눈사람은 막상 편지를 부치고 나니 그다음부턴 답장이 궁금해 조바심이 났다. 처음엔 하루걸러 하루 답장 도착했는지 묻던 것이, 나중엔 시간 걸러 시간 뒤에 답장의 도착을 물었다. 시간이 흐를수록 답장을 찾는 일이 부쩍 늘어났다.

하지만 금방이면 도착할 줄 알았던 답장은 일주일째 도착하지 않았다. 또다시 외롭고 지겨운 싸움이 시작되었다. 인턴 아가씨는 눈사람을 위해 최대한 어색하지 않고 밝은 목소리로 늘 녀석을 위로했지만 그것도 한계가 있었다.

"아마 고시생 아저씨도 저와 같은 기분이었겠죠? 이렇게 외롭고 심심하면서도 벚꽃을 찾고 싶어 했을 거예요."

"눈사람아……. 혹시 그 고시생 아저씨에 대해 좀 더 자세히 얘기해 줄 수 있니?"

인턴 아가씨는 계속 혼자서 갈등했지만 결국 그 사람에 대해 좀 더 묻기로 했다. 많이 들어 본 익숙한 얘기들이 눈사람 입에서 흘러나왔기 때문이다.

"고시생 아저씨는 성당에서 시험을 준비하는 아저씨예요. 벌써 몇 년째 시험에 떨어지고 있지만 아저씬 나중에 멋진 검사가 되고 싶다 했어요."

"검사? 그리고 또?"

"그리고 뭐…… 이건 문방구에게 들은 이야긴데 고시생 아저씨는 자신의 아빠를 무척 싫어한댔어요. 아빠처럼 살고 싶지 않아 멋진 직업을 갖고 싶다 했어요."

인턴 아가씨의 표정이 알기 힘들게 일그러지고 있었다. 점점 의심이 확신에 들어 맞아가고 있었다.

"자신의 아빠를 싫어한다구?"

"네, 고시생 아저씨의 아빠는 문방구 할아버지인데요. 그 얘기 말고도 예전에 어떤 디자이너를 준비하는 친구를 잠깐 사귀기도 했지만……."

"세상에!"

인턴 아가씨의 작은 신음이 주체할 새도 없이 터져버리고 말았다. 그 고시생이 잠깐 사귀었던 아가씨가 분명히 자기 자신 얘기였던 것이기 때문이다.

"눈사람아, 마을 초등학교 옆에 있는 작고 허름한 문방구를 말하는 거 맞니? 앞엔 횡단보도가 있는 곳 말이야."

"저는 그곳에 한 번도 가보질 않아서……."

눈사람은 갑자기 호들갑 떨며 탄성을 내는 인턴 아가씨의 기세에 약간은 놀라고 말아 말을 제대로 하지 못했다. 인턴 아가씨는 번뜩 다시 정신을 가다듬고 침착하게 말을 이었다.

"미안하구나. 내 목소리가 너무 컸지?"

"누나, 혹시 고시생 아저씨를 아세요?"

여전히 눈사람은 그 둘의 관계를 알아채지 못하고 있었다.

"이제는 아니지만, 예전엔 좀 알고 지내던 사이지."

"어떻게 아는 사인데요?"

"그건…… 네 얘기부터 해보렴. 그럼 나도 내 비밀을 얘기해 줄 테니. 너는 그 사람에게 무슨 얘길 들었니?"

"그냥…… 별 얘기 아니었어요. 성공할 수 있는 사람들은 이미 정해져 있으면서도 사람들은 노력하면 누구나 다 성공할 수 있으리라 믿고 산다 했죠."

"어쩜……."

인턴 아가씨는 그 많은 세월이 흐르는 동안 어쩜 그리 생각이 토씨 하나 다르지 않게 변하지 않을 수 있는지 내심 놀랐다.

"그리고 또?"

"그리고 또, 오래전에 헤어진 여자 친구에 대해 얘기해주었어요."

눈사람의 말에 인턴 아가씨는 숨죽이며 귀를 세우고 있었다.

"고시생 아저씨 말로 그 여자는 대단히 속물적인 여자라 했어요."

"뭐라구?"

"자기 고객들과 자신이 같은 세상 사람인 줄 착각하면서 허영심만 잔뜩 살찐 여자라고요. 그래서 사계절이 있는 곳으로 가고 싶단 핑계를 대고 완성된 남자를 찾아 떠난 거라고, 아주 못되고 속물인……."

"그만! 그건 사실이 아니야!"

조심한다고 조심했는데 인턴 아가씨는 또 목소리가 커지고 말았다. 그건 고시생의 막연한 비난에 억울해서이기도 했다. 눈사람은 다시 한 번 더 깜짝 놀라고 말았다. 그러다 결국 눈사람도 지금 상황이 어떻게 돌아가고 있는지 직감적으로 알게 되었다.

"그래, 네가 생각하는 그 못되고 속물인 여자가 바로 나란다. 하지만 그건 정말 틀린 말이란다. 내가 완성된 남자를 만나 떠났다니."

"고시생 아저씨는 늘 그렇게 생각한 것 같았어요."

"눈사람아, 너도 내가 그럴 사람이라 생각하니?"

인턴 아가씨는 억울해 못 참겠다는 표정으로 눈사람에게 물었다. 이에 눈사람은 고개를 좌우로 크게 흔들며 절대 아닐 것이라 몸으로 대답했다. 물론 서로를 가로막고 있는 두꺼운 벽 탓에 그들은 서로의 표정을 볼 수 없었다.

"그래, 그 사람은 원래 그랬지. 자기가 믿고 싶은 대로 마음껏 이 세상을 저주하던 사람이지. 세상에, 어쩜 세월이 그렇게나 흘렀는데도 하나 변하지 않았을까?"

인턴 아가씨는 두꺼운 냉동 창고 문 벽에 쪼그려 앉으며 등을 기대었다.

"우리가 환경이 바뀌면서 서로 많이 다툰 건 사실이야. 그 사람 말대로 나도 욕심이란 게 생겼지. 하지만 그건 비단 나뿐만이 아니란다. 그건 이 세상 모두가 탐낼 만한 욕심이지. 내가 그를 떠난 건 과정에 대한 생각이 달랐기 때문이야."

"과정이요?"

"그래, 나는 아무리 세상살이가 힘들어도 열심히 일하고, 분수에 맞게 차곡차곡 돈을 모으면 언젠간 좋은 날이 올 것이라 굳게 믿고 있었단다."

"그럼 고시생 아저씨는요?"

"너두 이미 보지 않았니? 그 사람은 나더러 세상 물정 모르는 지독한 멍청이 취급했지. 그런 식으로 세상을 살다간 영원히 뒤처지고 만다 말했어. 그래서 그렇게 시험공부에 목을 매고 있는 거란다. 주어진 상황에서 차근히 올라가기보단 결정적 한 방을 준비하고 있는 거야."

얘기를 듣고 있던 눈사람은 곰곰이 그때 상황을 상상해보았다. 그리고 그 둘이 얼마나 치가 떨리도록 서로를 미워했을지도 상상해버렸다. 역시 양쪽의 입장을 전부 듣고 나니 어느 한쪽만을 비난할 수 없는 문제였다. 고시생이 틀렸다 말할 수도 없었지만 디자이너 아가씨가 틀렸다고도 할 수 없는 문제였다.

"그래……. 물론 내 잘못이 크겠다. 내가 미련한 건지도 모르지."

그러던 인턴 아가씨가 고개를 제 허벅다리 사이에 푹 숙이며 자책하는 투로 말을 흘렸다.

"내가 좋은 모습을 보여주지 못했어. 들었는지는 모르겠지만 나는 대학 생활 내내 쭉 인턴 생활만을 해왔단다. 월급도 박봉에 업무량은 상상을 초월했지. 어쩜 그 사람이 그렇게 생각했던 게 꼭 나 때문인지도 몰라. 돌이켜보니 결국 나도 지금처럼 변변찮은 삶을 살고 있잖니."

인턴 아가씨는 끝내 눈물을 보이고 말았다. 두꺼운 냉동 창고 문 바깥에서 훌쩍거리는 소리가 적나라하게 들려왔다. 늦고 고요한 밤이었기에 콧물 훔치는 소리까지 세세하게 들려왔다. 무슨 위로를 건넬까, 눈사람은 알고 있는 모든 단어를 떠올려봤지만 마땅한 대답이 떠오르지 않았다. 지금은 그저 자신이 없는 듯 있어주는 것이 최선일 것이라 여겼다.

"눈사람아, 나는 사실 너에게 더 큰 비밀이 있단다."

한참 소매에 눈물을 적시던 인턴 아가씨가 마음을 진정시키고 다시 말을 건넸다.

"너는 아마 방송에 못 나가게 될지도 몰라."

"왜요? 분명히 피디 아저씨는 저를 방송에 나가게 해 준다고 했어요."

"그러지 않아도 지금 그 문제 탓에 우리 방송국은 난리를 겪고 있단다. 아마도 너의 존재를 제대로 검증하는 일부터 시작할 거야."

눈사람은 그 말을 듣고 쇼펜쥐를 떠올렸다. 녀석의 말은 하나도 틀림없었다. 이 세상은 말하는 눈사람을 보고 웃음거리로만 삼으려 골몰할 것이라는 쇼펜쥐의 말이 모두 옳았다. 많은 과학자들이 자신을 지켜보며 몸을 이리저리 해부해 볼 것이라 말했는데, 자신은 설마 그럴 리가 있을까 했는데, 모든 말이 들어맞고 있었다. 쇼펜쥐는 너무 부정적이었던 것이 아니라 너무나 현실적인 것이 문제였다.

"그렇군요. 쇼펜쥐의 말이 맞았어요……. 내가 너무 미련했어요."

"아니, 틀린 건 네가 아니라 그 친구란다. 그래, 내가 널 틀리게 두지 않을 거야."

인턴 아가씨는 젖은 눈물을 모두 닦아내며 비로소 자리에서 일어났다. 그녀는 서두르며 굳게 잠겨 있는 자물쇠를 만지기 시작했다.

"나는 수학은 몰라도 확률은 알고 있지."

그녀는 네 자릿수로 구성된 자물쇠의 비밀번호를 모조리 누르기 시작했다. 처음엔 방송국 전화번호 뒷자리 8293부터 국장의 직통 전화 뒷자리인 4823까지 연관 있어 뵈는 모든 숫자들을 조각하여 맞춰 보았다.

모든 것이 들어맞지 않고, 더 이상 연관되어 있는 숫자가 떠오르지 않자 이번엔 0000부터 시작하여 9999까지 다 눌러볼 계획으로 다급하게 자물쇠를 만졌다.

"무슨 일이 있어도 널 여기서 꺼내 줄 거야."

짤막하게 한마디 던진 후 인턴 아가씨는 온 정신을 집중하여 자물쇠 번호를 맞춰 가기 시작했다.

마지막 여정

눈사람이 없어졌다. 김 피디와 국장은 말할 것도 없었고 방송국엔 온통 비상이 걸렸다. 녀석을 지키던 인턴 아가씨 또한 연락이 두절된 상태였다. 연락을 받고 부리나케 달려온 김 피디는 재빨리 냉동 창고로 향했다. 지난밤 국장의 안절부절못하는 목소리에 빤스도 제대로 갖춰 입지 못하고 달려와 보았지만 이미 눈사람은 사라진 상태였다. 냉동 창고엔 풀려 있는 오관절락만 덩그러니 놓인 채 사방은 쥐죽은 듯 고요했다.

허망하게 그 앞으로 걸어간 김 피디는 자물쇠의 네 자리 번호가 4203이라 정확히 맞춰져 있는 것을 보며 더욱 놀랐다. 도대체 어떻게 그녀가 번호를 알게 되었을까 고민해봤지만 설마 모든 번호를 전부 조합해 봤으리란 생각은 상상조차 하지 못했다.

막상 일이 벌어지고 나니 그동안 인턴 아가씨의 모든 행동이 역시 의심스러웠다. 삼 일 전부턴 어디서 다친 것인지 양손 엄지와 검지에 붕대를 감고 출근했다. 그때 알아챘어야 했나? 하지만 이미 눈사람과 그녀는 사라진 지 오래였다.

다시 본사 회의실로 향했다. 김 피디는 지금껏 볼 수 없었던 오만 인상을 찌푸리며 건들면 금방이라도 터질 듯 씩씩-거리고 있었다. 그런 김 피디의 눈치를 보며 방송국 사람들은 일부러 그의 주변을 피했다. 괜히 옆에서 얼쩡거리다가 화풀이라도 당할까 무서웠기 때문이었다.

"방송국 주변부터 샅샅이 뒤지고 외부인들 출입 전면 통제해!"

때마침 내려온 국장은 안 그래도 무서워 벌벌 기고 있는 다른 이들에게 호통을 치며 다그쳤다. 그 말에 부서 막내들부터 기획자들까지 일사불란하게 움직이기 시작했다. 하지만 막상 할 일은 없었기에 공연히 서류를 뒤진다거나, 여기저기 전화를 돌려 보는 일이 전부였다. 물론 개중에 눈치 빠른 몇몇은 서둘러 경찰서에 도난 신고를 접수하고 있는 중이었다.

김 피디와 국장은 애써 서로의 눈을 마주치지 않았다. 김 피디는 이 모든 일이 뜸을 들이다 놓쳐 버린 국장의 탓이라 생각했고, 국장은 다 잡은 물고기를 놓쳐버린 김 피디의 관리 소홀이라 생각했기 때문이다. 하지만 지금은 서로가 얼마나 화가 나 있는지 잘 알고 있었으므로 그냥 못 본 척하는 게 나았다.

원망스럽게도 분위기가 이렇게 한창 무거울 때 불청객이 등장했다.

"택배 왔습니다."

우체국 배달원이었다.

"이지연 씨?"

노란 제비가 그려져 있는 근무복을 입고 들어 온 그는 한 손에 무거운 택배 상자를 든 채 낑낑대고 있었다. 국장과 김 피디의 눈초리가 더욱 사나워지며 한 여자를 응시했다. 이지연 씨였다. 금방이라도 불똥이 떨어질 것 같았다.

"외부인 출입 통제하라고!"

불똥은 급하게 떨어졌다. 울고픈 아이 뺨 올린 상황처럼 그는 마치 이런 사소한 꼬투리를 기다리고 있었다는 듯 호령했다. 한 소리 들은 이지연 씨도 택배 배달원이 이토록 원망스럽기는 또 처음이었다. 항상 반가웠던 아저씨가 오늘 왜 그리도 원망스러운지. 그녀는 서둘러 배달원을 부추기며 밖으로 나갔다. 국장의 불호령이 괘씸했던 배달원은 나가면서 그를 한 번 툭 쏘아봤다.

"여기 수취인 사인 해주시고요."

엘리베이터를 타고 1층에 도착하여 안내데스크와 한참 멀리 떨어진 곳에서 그녀는 택배를 수령했다. 물품을 전달하며 배달원은 언짢았던 마음을 애써 달래고 있었다.

"아가씨 회사에 뭔 일 있어요?"

그동안 방송국을 자주 오가며 안면이 있던 사이인지라 배달원이 먼저 이지연 씨에게 물었다.

"말도 마세요. 1급 위기상황이에요. 1급!"

"어-어? 그럼 안 되는데, 택배 하나 더 있는데."

배달원은 자신의 안주머니에 손을 넣으며 곤란하다는 듯 말했다.

"지금은 안 돼요. 절대로! 국장하고 팀장이 준비했던 기획안이 있는데 그게 지금 꼬여서 엉망이 됐어요. 지금 회사 분위기 싸늘해요. 보셔서 아시죠?"

그녀는 자신이 인터넷에서 주문했던 휴대용 안마기를 건네받았다. 받아보니 예상외로 무게가 꽤 됐다. 왼손으로 받고 오른손으로 사인하려다 도저히 안 되겠다 싶어 바닥에 내려놓고 사인했다.

"도대체 무슨 일 땜에 그러우? 사정은 살펴드려야겠지만 나도 내 할 일이 있는 건데 무작정 안 된다면 난 어쩌고?"

배달원의 말도 일리는 있었다. 서로 다 자기가 가진 생업이 있는 것인데 아무리 다급해도 그 작은 규칙마저 어길 수는 없었다.

"사실 우습게 들리실 수도 있지만 지금 말하는 눈사람이 없어졌어요."

"말하는 눈사람?"

"네- 국장하고 팀장이 꽤 오랫동안 준비한 프로젝트 같아요. 얼마 전까지 방송국에 찾아 데리고 왔는데 하루아침에 여기서 일하던 인턴 여자랑 없어졌지 뭐에요. 아무래도 그 여자가 다른 곳에 팔아넘기려 하는 것 같아요. 그래서 지금 모든 기획안 기밀로 부치고……. 여하튼 지금 난리도 아니에요 정말."

그녀는 서둘러 모든 말을 끝마쳐 버렸다. 그 말을 듣고 있던 배달원은 쓰고 있던 모자를 왼손으로 벗고 오른손으로 앞머리를 뒤로 슬쩍 넘겼다.

"어랏? 그럼 이 눈사람이 그 눈사람인가?"

배달원은 자신의 안주머니에 있던 편지 한 장을 꺼냈다. 그곳엔 발신지가 서리 마을로 돼 있었고 수신자는 방송국에 있는 눈사람이라 분명히 쓰여 있었다.

"나는 눈사람이래서 성이 눈이고 이름이 사람이란 뜻인 줄 알았지. 원래 방송국엔 희한한 이름 많이 쓰잖아요? 혹시 동명이인 있어요?"

"없을 텐데."

"그럼 아무래도 이 사람이 그 사람 맞겠죠?"

"그런 거 같기도 하고……."

"지금 방송국에 못 들어가면 아가씨가 대신 받아줄래요? 다른 사람 거면 대신 전해줘요."

하지만 그녀는 한사코 거절하며 그 편지를 받지 않았다. 괜한 일에 또 꼬여서 일을 벌이고 싶지 않았기 때문이다.

운전대를 잡은 인턴 아가씨의 양손은 모두 부르터 있었다. 오관절락의 번호를 조합하며 그간 쇳독이 옮았음이 틀림없었다. 오른손 검지엔 좁쌀만 한 물집이 잡혔는데 자동차 핸들을 움직일 때마다 통증이 느껴졌다. 작은 생채기였지만 크게 불편했다. 뒷좌석에 앉아 있는 눈사람은 그녀가 걱정되었지만 함부로 무어라 말을 꺼내기 힘들었다.

인턴 아가씨의 낡은 경차는 지금껏 봐왔던 그 어떠한 차들보다 가장 허름해 보였다. 겨우 두 명밖에 타질 않았는데도 그 안은 좁게 느껴졌고 승차감도 별로였다. 제아무리 낮은 속력으로 과속방지턱을 넘어도 청룡열차를 타는 기분으로 와 닿았다.

사실 승차감 따위야 지금 그들이 벌인 대형 사고에 비하면 아무것도 아니다. 걱정스럽게도 눈사람은 날씨에서만큼은 적응하기 힘들어 보였다. 차 안 모든 에어컨을 최대로 가동하여 겨울 날씨를 흉내 내보았지만 역부족이었다. 눈사람은 서서히 녹아들어 가고 있었다. 이대로 가다간 서리 마을에 도착도 하기 전에 눈사람은 물로 돌아갈 듯싶었다.

삼중 냉각의 드라이아이스를 구하는 일이 급선무였다. 하지만 이는 좀체 쉽지 않았다. 예상 경로를 미리 뽑아 놓았던 방송국은 눈사람과 인턴 아가씨가 가장 필요로 할 것 같은 곳엔 이미 수배를 뿌려 놓았다. 세상 가장 차가운 삼중 냉각 드라이아이스를 파는 곳은 대단히 드물었으니 지금 만일 그곳에 찾아간다면 호랑이 입속에 제 발로 기어가는 꼴이나 마찬가지다. 눈사람은 점점 녹아들어 가고, 물집 잡힌 손가락은 계속 따끔하게 아려오니 나오는 건 한숨뿐이었다. 쫓기는 신세라 늘 긴장을 늦출 수 없어 한숨도 결코 크게 내쉬지 못했다.

하지만 다시 생각해보니 어쩌면 위기가 큰 기회가 될 수도 있으리라 싶었다. 어차피 지금은 삼엄한 경비 탓에 도시 바깥에 한 발짝도 나설 수 없는 분위기다.

방송국으로부터 서른다섯 번째의 전화가 걸려오자 인턴 아가씨는 더 이상 물러설 곳이 없으리라 판단했다. 서른다섯 번째의 전화를 받지 않고 속으로 10초 정도 세다가 자신이 방송국에 전활 걸었다. 방송국이 다시 한 번 더 초토화됐음은 말할 것도 없었다.

"그래, 그래 최 실장 지금 어디야? 무슨 실수가 있었던 거지?"

전화는 국장의 집무실에 직통으로 연결되었다. 본래라면 평소 이름이나 마구 불리던 인턴 아가씨였지만 어느새 그녀의 직위는 실장으로 몇 계단이나 승진해 있었다. 사실 이는 암묵적인 회유였다. 실현될지는 모르지만 방랑의 길을 마치고 돌아오면 모종의 단 열매가 보상될 것이라는 은밀한 거래였다.

"필요한 건 뭔지 아시죠?"

"그래 알다마다. 방송국으로 돌아오지."

국장은 애써 초조한 마음을 감추려 일부러 말을 느긋하게 하고 있었지만 누가 들어도 그 소리는 애간장 녹아 날뛰는 목소리였다.

"조건을 말해보세요."

"원하는 건 다!"

기어코 국장의 목소리가 초조함을 완전하게 표현하고 있었다.

"바라는 것 중에 무리한 부탁 없습니다. 눈사람의 신변을 보호해주세요."

"그럼, 그러구 말고."

"그리고 저! 이제 지긋지긋한 인턴 생활 끝내게 해주세요. 국장님도 아시죠? 저 벌써 5년째 일하고 있는데 아직도 계약직이에요. 이런 제 부탁이 무리한가요?"

"무리하다니? 절-대 안 무리해. 그러지 않아도 자네 계약에 대해서 사내에서 말이 많았어. 인재가 너무 썩는 게 아니냐? 월급은 지금보다 다섯 배 이상은 받아 가야 정당한 처우 아니냐 하는 말들 말이야."

국장은 간사한 말투로 누가 들어도 지금 막 지어냈을 법한 거짓말을 마구 쏟아내고 있었다.

"좋습니다. 두 시간 안에 방송국으로 가죠. 약속하신 바는 꼭 지켜 주셔야 합니다."

"그럼, 그럼, 어서 오시게. 기다리고 있어. 자네에게 거는 기대가 크네."

전화는 짤막했다. 서로 어떤 표정을 짓고 있을지 뻔히 알았지만 통화에서 드러난 바는 없었다. 전화를 끊자마자 역시 예상했던 대로 국장의 태도는 돌변했다.

"뭣들 하고 있어! 경찰 병력 총집합하라 그래!"

너무 뻔한 거짓말이었지만 국장은 인턴 아가씨를 용서해 줄 마음이 추호도 없었다.

전화를 끊은 인턴 아가씨는 국장의 지금 표정이 어떨지 눈에 훤히 그려졌다. 그러자 피식 웃음이 나왔다. 이쪽도 바보는 아니다. 5년째 당했는데 얼간이처럼 하루 더 당할 내가 아니다. 인턴 아가씨는 전화를 끊자마자 서둘러 다른 곳에 전화를 걸었다. 정말 오랜만에 눌러 보는 번호였다. 제발 그 번호가 바뀌지 않았어야 할 텐데.

몇 번의 접촉 끝에 전화는 겨우 연결되었다. 다행히 번호는 바뀌어 있지 않았다. 익숙한 남자의 목소리가 들렸다. 세월이 너무 흘러서인가 받자마자 '왜?'라 말하는 목소리엔 아무 감정도 섞여 있지 않았다. 야속하게 느껴지기도 했지만 지금은 그럴 여유가 없었다. 뒷좌석에 앉아 있던 눈사람은 도대체 저 여자가 무슨 속셈인가 하는 눈초리로 빠끔빠끔 그녀만 응시했다.

인턴 여자는 전화기에 대고 그간 있었던 일들을 아주 간단하게 설명했는데 채 1분도 걸리지 않았다. 듣고 있던 낯선 남자는 얘기가 끝나고 한참 있다가 대답했다. 그래서? 대답에 대한 대답도 간단했다. 도와줘.

약속한 시각이 한참이나 지났는데도 인턴 아가씨는 보이지 않았다. 두 시간을 넘어가면서부터 국장은 거의 제정신을 찾기 힘들었다. 도시 마을 전체에 포진해 있던 경찰들도 한곳에 모여 모두 유괴범만 기다리고 있었다. 사실 경찰 일선에선 용의자를 체포한 후 그녀를 유괴범으로 기소할지 절도범으로 기소할지 무척 난감했다. 눈사람도 사람인가, 아니면 물건인가.

애만 동동 태우다 국장은 정확히 두 시간이 지났을 무렵부터 일 초도 빼 놓지 않고 인턴 아가씨의 번호로 계속 전화를 걸어댔다. 하지만 그녀는 받지 않았다.

그녀는 바빴다. 도시 마을 전체에 퍼져 있는 경찰 병력들이 제발 빨리 흩어지기를 바랐다. 고속도로 톨게이트에서 잠잠히 이 상황을 주시하고 있던 인턴 아가씨는 경찰들의 머릿수를 셈하며 침착하게 행동했다.

그녀의 전화 통화 이후 확연히 경찰들의 숫자는 줄었다. 하지만 이로썬 아직 부족했다. 계속해서 휴대전화의 진동이 울렸다. 보나 마나 국장일 게 분명했다. 전화를 한 통화도 받지 않았다. 이젠 결단이 필요했다. 더 이상 지체한다면 수상히 여긴 국장이 다시 경찰을 풀 수도 있다. 어차피 인생에서 위험이 아주 제로일 수는 없다.

그녀는 톨게이트 앞으로 돌진했다. 얼굴은 이미 팔렸을 테니 일 초가 아쉬웠다. 나무 막대로 된 출구 게이트가 서둘러 올라가기를 기다리다 그녀는 그대로 돌진했다. 순간 그녀의 얼굴이 스캔되면서 지명수배자임이 알려졌다. 잠시나마 기다린 보람이 있었다. 나무 게이트는 안전했다. 눈사람의 눈이 휘둥그레졌다. 녀석은 이미 수척하다. 여기까지도 잘 버텨주었다.

미심쩍은 승용차 한 대가 고속도로 톨게이트를 뚫고 나갔다는 소식이 방송국에도 들려왔다. 일이 벌어진 지 불과 일 분 만의 일이었다. 경비를 맡고 있던 경찰들은 이 상황을 시시각각 방송국에 알렸다. 그리고 긴장되는 추격전이 펼쳐졌다. 광활한 고속도로 위에서 똥차 같은 경차 한 대와 그 뒤로 줄줄이 그보단 고급스러운 경찰차들이 우왕좌왕하며 레이스를 펼쳤다. 사이렌 울리고 경적 울리는 소리가 난데없이 쏟아져 내렸다. 하지만 추격전은 그리 길지 못했다. 못 해서 안 한 것이 아니라 경찰들은 인턴 아가씨를 쫓을 마음이 없어진 듯했다. 무슨 이유에서인가 경찰들은 더 이상 그 똥차를 지 않았다.

인턴 아가씨가 탈출을 감행했다는 소식을 들은 국장은 자신의 전화기를 신경질적으로 바닥에 던져버렸다. 옹기종기 모여 있던 관계자들이 모두 숨죽이며 벌 받는 사람처럼 벌벌 떨었다. 무엇보다 김 피디의 손이 떨렸다. 지금까지 수고했던 모든 일들이 물거품이 되어가고 있으니 심란했다. 국장의 눈을 마주치고 싶지 않았다. 어떻게 잡은 물고긴데, 낚싯줄만 당기면 월척인데. 모든 것이 국장의 무능이었다. 반면 국장의 생각은 조금 달랐다. 국장은 그것이 이미 다 잡은 물고기였고 그 물망만 잘 확인했더라면 이런 불상사는 없었으리라 생각했다.

기나긴 정적 속에 전화벨이 울렸다. 누구라 할 것 없이 그 많던 눈들이 전화기를 향했다. 수화기를 받아든 막내 작가가 전화를 황송하게 국장께 넘겼다. 누구냐고 물을 새도 없이 전화에선 낯선 남자의 목소리가 들렸다. 서리 마을의 고시생이었다.

"자초지종은 모두 들었습니다. 경찰들 돌려보내세요."

"뭐라고? 넌 뭐야 인마?"

고시생은 자신의 모교 이름을 대고 그 대학에서 법학을 전공한 학생이라고 적절히 소개해두었다. 국장은 약간 움찔했다. 놀라 자빠질 만한 대학은 아니어도 상대가 배운 사람이란 사실이 불편하게 느껴졌다.

"경찰들이 쫓고 있다고 들었습니다."

"응당 당연한 처사지요. 법을 전공했으니 누구 보다 잘 아실 텐데?"

"죄목이 뭡니까? 무엇 때문에 그 여자를 쫓고 있죠?"

"죄목이야 쌔고 쌨죠. 꼭 일일이 말해야 알아들어요?"

말은 이렇게 했지만 사실 그녀의 마땅한 죄목이 떠오르질 않았다. 절도? 납치? 아니면 그 둘 다?

"한 말씀만 드리죠. 말하는 눈사람을 냉동 창고에 가두고 문을 열

수 없도록 바깥에서 감금시켰다 하던데요?"

"누…… 누가 그럽디까? 헛소리요."

"당사자가요. 그 문 앞을 지키던 거기 인턴 코디네이터가 말해줬습니다."

"헛소리요."

"헛소린지 아닌지 법원 앞에 가서도 이렇게 당당할 자신 있으십니까?"

"원하는 게 뭐요?"

"눈사람이 안전하게 벚꽃을 볼 수 있는 것. 그거 하나뿐입니다. 추격을 멈추세요. 그러지 않으면 서로 불편하게 될 겁니다."

전화기 너머의 건방진 사내는 불쑥 나타나 그렇게 자기 할 말만 넌지시 던지고 사라졌다. 약이 오르고 분통이 터졌다. 새파란 어린놈한테 훈계 듣는 것도 심사가 뒤틀릴 일이었지만 무엇보다 이대로 말하는 눈사람이 떠나가는 것을 보고만 있어야 한다는 것이 더욱 원통했다. 결국 먼저 터져 버린 것은 국장이었다. 그 사람들 많이 모여 있는 곳에서 국장은 애꿎은 김 피디에게 불같은 성질을 냈다.

"야! 김 피디. 지금 이 상황 보여? 너 내일까지 당장 시말서 제출해. 알겠어!"

어안이 벙벙했다. 상급자만 아니었다면 당장에 멱살이라도 쥐어뜯고서 바닥에 내팽개쳐 줄 수도 있는데 어디서 뻔뻔하게 소리를 높여.

"못하겠습니다."

밟히던 지렁이가 꿈틀댔다.

"못하겠다고, 시말서. 네가 써서 나한테 제출해 새끼야."

한 성질 뻗쳐 있던 김 피디가 급기야 안경을 벗어젖히면서 옷소매를 걷어붙였다. 김 피디의 말 한마디에 얼어 있던 주위의 분위기가 얼다 못해 깨질 지경에 이르렀다.

"멍청하고 미련한 자식아. 다 잡은 물고기를 놓쳐 놓고서 또 밑엣놈들 물 먹이려고?"

"야 너 김 피디, 말 다 했어?"

"다 못 했어 새끼야. 다 하게 시간 좀 줘 봐 이 자식아. 너만 주둥이 달고 있어? 귀때기는 왜 달고 있어, 남의 말 듣지도 않을 거면. 그럴 거면 잘라내. 귀때기 잘라내 이 개똥 같은 인간아."

김 피디가 달려들었고 그 신호에 맞춰 주위에선 모두 그를 뜯어말렸다. 하지만 이를 뚫고 나선 김 피디는 멋지게 국장의 턱주가리를 한 방 가격했다. 피격당한 국장은 한 방에 나가떨어져 자리에서 떼굴떼굴 구르고 말았다.

꼭 한 방으론 성이 덜 풀렸는지 김 피디는 굼벵이처럼 구르는 국장의 복부, 가슴, 허벅지, 낭심 등 어디 가릴 것 없이 사정없이 밟아 버리고 뭉개 버렸다.

"왜 대답이 없어, 야 김승태! 시말서 제출 안 해? 사표 쓸래?"

다시 아버지의 무게로 돌아왔다. 국장은 말없이 우두커니 서 있는 김 피디의 아주 사소한 반항도 결코 그냥 넘어가지 않았다. 결국 지고 만 것은 김 피디다. 죄송합니다. 제가 관리 소홀했습니다. 시말서 제출하겠습니다.

김 피디는 세상 제일 비굴한 사람보다 더 비굴하게 고개를 푹 숙이며 복종과 반성의 표시를 보였다. 목소리가 떨려오며 가슴이 울렁거렸지만 이 많은 사람들 앞에서 더 이상 자존심 구기긴 싫었다. 이쯤으로 충분하다. 이 정도로도 사내에서 향후 두 달간은 고개도 못 들고 다닐 것이다. 울음이 쏟아지기라도 한다면 그 기한이 열 배쯤으로 늘겠지.

자존심은 절대 돈 안 벌어다 준다. 그건 먹는 것도 아니라 자식들 배도 못 불려 준다. 마누라가 동네 여편네들 떠드는 데선 결코 자랑거리도 못 된다. 우리 남편 자존심 센 남자야 하면 웃음거리고 우리 남편 몇백 버는 남자야 하면 자랑거리다.

처자식이 깡패다. 내 목구멍보다 더 혹독한 게 처자식 주둥이다. 국장을 깔아뭉개고 하고픈 말 다 하는 건 상상만으로도 충분한 일이다. 상상만으로도 끔찍한 일이다. 오늘은 집에 기어들어가면 자식들 마누라 앉혀 놓고 기필코 말하리. 이 아빠 힘내는 꼴 보고 싶으면 엄마 데리고 사라져다오. 아닐 거면 밥 좀 작작 처먹고……. 하지만 사랑한다. 내 아들, 내 딸, 내 아내.

김승태 피디는 머리를 조아리고 국장이 가는 뒷모습과 반대 방향의 자기 사무실로 향했다. 한편으론 감봉이나 근신도 아니고 시말서 정도로만 끝내는 것이 어찌나 다행인지 몰랐다.

경찰의 추적을 따돌리고 한 십 분이 지나서 그 고물 경차는 멈춰 서고 말았다. 리터기 한참 밑에 있던 정유 바늘이 끝내 바닥으로 고개를 떨구었다. 여기까지 달려와 준 것만 해도 용한 일이었다. 지금껏 차 몰고 다닐 일이 없어 방심하고 있던 게 가장 큰 화근이었다. 하지만 후회해도 소용없다.

눈사람은 바깥으로 나왔다. 찬바람 모질게 불던 차 안과는 대조적이게도 무척 더웠다. 지금도 수척해져 있던 터라 금방 쓰러져 버릴 것 같았다. 인턴 아가씨는 금방 보험사가 올 거라며 안에 들어가서 제발 몸 좀 춥게 있으라고 다그쳤다. 그러다 문득 지난달에 보험을 해지했던 사실이 떠올랐다. 앞으로도 뒤로도 갈 수 없는 상황이 벌어졌다. 하지만 눈사람은 웃고 있었다. 인턴 아가씨는 그 웃음의 의미를 알았다. 하는 수 없이 다시 전화기를 꺼냈다. 한때 익숙했던 남자에게 다시 전화를 걸었다.

"누나, 지금 우리는 마을로 돌아가야겠죠?"

뚜- 뚜- 수화음이 넘어가는 중 눈사람이 말을 걸었다.

"그럼 행복할 거야. 여기까지 오는 데 한참이나 돌아왔어. 이제 돌아가면 내 현실에 맞게 다시 인생 계획을 짜 볼 거야."

"그래도 후회는 없겠죠? 한번 해 봤으니 다시는 꿈에 대해 미련이 없을까요?"

눈사람의 표정이 씁쓸해져 갔다. 분위기가 심상치 않음을 느낀 인턴 아가씨가 전화를 끊었다. 마침 고시생이 한껏 목소리를 깔고 '여보세요.' 하던 찰나에 전화가 끊겼다.

"지금 마을로 돌아가면 평생 행복하게 살 순 있겠지만 벚꽃에 대한 미련은 늘 남겠죠?"

"눈사람아……."

"저도 한참이나 돌아가 볼래요. 없어지더라도 후회 없게."

인턴 아가씨는 아무 말도 하지 않았다. 눈사람은 가볍게 고개를 숙이며 뒤돌아섰다. 광활한 벌판이 뻗어 있었다. 나무도 많았고 풀도 많았다. 흐르던 강물은 얼어 있지 않았고 늘 움직이고 있었다. 어딘지 모르게 녀석과 어울리지 않았다. 눈사람, 인턴 아가씨 사이의 거리가 점점 멀어졌다. 그러다 더 멀어졌고 또 그러다 아주 보이지 않게 되었다.

다시 혼자가 되었다. 떠나왔던 길에 운이 좋아 든든한 위로가 돼 주던 쇼펜쥐가 있었지만 어차피 이 여정은 혼자 떠나야 했다. 발걸음이 가볍진 않았다. 하지만 사뿐사뿐 걸었다. 그래, 그렇게 걸었다.

에필로그

눈사람으로부터의 모든 소식이 끊겼다. 혼자 돌아온 인턴 아가씨는 내려오던 길 어디쯤에서 눈사람은 홀로 벚꽃을 찾아 떠났다고 말했다. 그곳이 어디인지, 어떻게 갔는지는 아무도 몰랐다.

눈사람의 편지가 마을에 도착했던 것은 녀석이 길을 떠나고 2주 만의 일이었다. 편지를 받은 날 그 즉시 답장을 부쳤지만 가련한 종이봉투는 쓰여 있던 그대로 반송되었다. 종이봉투엔 시뻘건 글씨로 '수취인 불명'이란 글자만 낙인 찍혀 있었다.

쇼펜쥐는 무작정 길을 찾아 떠났다. 믿을 수 있는 건 녀석의 타고난 후각뿐이었다. 한 손엔 수취인 불명이라 적힌 허름한 편지 한 장을 집어 든 채 녀석은 도시로 향했다. 인턴 아가씨는 이번엔 주유구에 기름을 가득 채운 채 눈사람과 마지막으로 헤어졌던 그곳으로 녀석을 안내해줬다.

결별의 장소에 도착하니 확실히 눈사람 특유의 얼음 비릿한 냄새가 강하게 느껴졌다. 쇼펜쥐는 땅속에 제 머리를 깊숙이 박으며 열심히 눈사람을 추적했다. 강하게 뿜어져 나오던 냄새는 시간이 흐를수록 미세해져만 갔다.

그렇게 먹지도 마시지도, 잠까지 못 이루며 며칠간을 걸었다. 걷고 또 걸었다. 쉬고 싶은 마음은 간절했지만 못된 바람이 체취를 훔쳐 달아날까 한시도 쉬지 못했다.

어느 길까지 다다르자 눈사람의 흔적과 체취는 완전히 없어졌다. 미세하게나마 느껴지던 차가운 기운과 흔적이 영화의 제목처럼 바람과 함께 사라져 버렸다.

대신 이번엔 다른 냄새가 흘러들어왔다. 향긋하고 상쾌한 꽃 내음이다. 쇼펜쥐는 먼발치 서서 주변을 둘러보았다. 눈에 아주 보일 듯 말 듯 먼 곳에서 연분홍의 벚꽃 잎이 이제 막 잠에서 깨며 세상에 나올 준비를 하고 있었다. 벽돌로 된 작은 집에 숨어 있던 벚꽃 나무였다. 아직 만개하기도 전에 벚꽃은 향기부터 뿜어대며 세상에 출사표를 던졌다. 쇼펜쥐는 가장 가까운 그곳으로 달려갔다. 거리는 꽤 멀었다. 벚꽃 나무에 가까워져 갈수록 꽃 내음과 함께 어우러진 익숙한 냄새가 다시 풍겨왔다. 눈사람의 냄새였다.

아주 작은 벚꽃 나무의 발아래엔 익숙한 사람이 기다리고 있었다. 눈사람이다. 하지만 녀석은 온전치 못했다. 그곳엔 일전에 녀석이 쓰던 산타 모자와, 소녀에게 선물받았던 귀마개와 안경이 땅바닥에 널브러져 있었다. 그것은 온전한 눈사람이 아니었다. 사람의 표현을 빌리자면 살아생전 고인이 즐겨 쓰던 유품 따위와도 같았다.

홍건하게 젖어버린 산타 모자가 봄바람에 꼬랑지를 이리저리 흔들었다. 눈사람의 나뭇가지 팔은 아직 덜 녹은 얼음 위에 뿌리를 박고 하늘을 향해 고개를 높이 들고 있었다. 벚꽃 나무의 새끼 나무라도 되는 듯이.

얼음이 녹아 있었다. 눈사람이 녹아 있었다. 그대로 물로 돌아갔으니 더 이상 녀석은 말을 할 수도, 미련을 떨 수도 없었다. 쇼펜쥐는 많은 생각이 들었다. 그러게 왜 내 말을 듣지 않았니, 내 말만 들었다면 언젠간 벚꽃을 볼 수 있었잖니. 시간을 계산해 보니 눈사람은 벚꽃이 봉오리를 트기 이미 한참 전에 녹아내렸음을 알 수 있었다. 눈사람은 분명 벚꽃을 보지 못한 채 다시 자연으로 돌아갔다.

쇼펜쥐는 문방구가 고사리 같은 손으로 단 몇 분 만에 써내려간 편지의 아귀를 뜯었다. 그 앞에서 읽어 내려갈까 생각했지만 의미 없을 듯싶었다. 물이 된 눈사람을 보며 힘이 쭉 빠져 버리는 기분이었다. 하지만 이 무의미했던 여정의 마지막은 꼭 끝맺기로 마음먹었다. 쇼펜쥐는 울먹이며 문방구의 편지를 읽어 내려갔다.

눈사람아 나는 이제부터 주인아줌마, 아자씨를 엄마, 아빠라 불러야 한다. 정말 따뜻하고 좋은 분이다. 더 이상 날 버리고 간 엄마, 아빠는 하나두 보구 싶지 않다…… 내가 유일하게 보구시픈건 눈사람아 너 하나뿐이야.

녀석은 그동안 공부를 얼마나 엉망으로 했던지 아직까지 맞춤법이 익숙지 않았다. 쇼펜쥐는 차분히 읽어 내려갔다. 어떤 말은 너무 감정이 북받쳐 올라 목이 말을 놓아주지 않았던 문구도 있었지만 침착하게 모두 읽어 내려갔다.

편지를 다 읽고 나니 어디선가 웃음소리가 들렸다. 아주 희미하게 들릴 듯 말 듯 다소곳한 웃음소리였다. 화들짝 놀란 쇼펜쥐는 주위를 둘러보았다. 분명 눈사람과 비슷한 목소리였는데 눈사람은 없었다. 대신 말꼬리 머리에 주근깨가 많은 한 소녀가 바깥에서 제 엄마와 함께 인형놀이를 하고 있었다. 소녀는 쇼펜쥐의 편지 읽는 소리에 인기척을 느끼고 벚꽃 나무 곁으로 다가왔다. 쇼펜쥐는 날렵하게 나무 위를 타고 몸을 숨겼다. 고개를 갸우뚱거리며 주변을 서성이던 소녀가 마치 큰 보물을 발견한 듯 소리쳤다.

엄마, 엄마! 이것 좀 봐. 내 산타 모자랑 귀마개야.

아이와 놀아주느라 지쳤던 소녀의 엄마는 건성으로 그래, 그래 하고 말았다. 하지만 계속되는 소녀의 재촉에 어쩔 수 없이 일어서 나무 곁으로 다가왔다.

이게 어떻게 여기에 있지?

소녀는 자신이 눈사람에게 선물했던 산타 모자와 귀마개, 안경이 있는 것이 여간 신기한 게 아니었다. 비슷한 걸 거야. 이 세상엔 똑같은 물건이 아주 많단다. 엄마는 소녀의 호기심 충만한 표정을 보며 손을 잡아주었다.

자, 지영아. 이제 밥 먹으러 가야지? 소꿉놀이하면 저녁 먹기로 했으니.

그렇게 엄마는 소녀의 손을 잡고 다시 집으로 들어갔다. 소녀는 다시 찾은 산타 모자를 무척 신기해하며 눈을 떼지 못했다.

바로 그때 익숙한 웃음소리가 한 번 더 들려왔다. 분명하다. 눈사람의 목소리였다. 하지만 변한 건 없었다. 여전히 바닥엔 귀마개와 안경, 나뭇가지 팔들이 널브러져 있었다. 눈사람은 어디에도 없었다. 잘못 들었나 하고 벚꽃 나무를 바라보는데 묘한 꽃 한 송이가 두 눈을 사로잡았다. 쇼펜쥐는 익숙한 느낌에 '어디서 보았지, 기분 탓인가?' 하고 되묻는 찰나, 그 익숙한 인상을 기억해냈다. 눈사람이다. 분명 그 한 송이는 눈사람을 닮아 있었다.

비록 말로 들려주진 못했지만 쇼펜쥐는 알아챘다. 벚꽃을 보고팠던 눈사람은 물로 돌아가 다시 벚꽃으로 피어났구나. 녀석이 아주 바보는 아니었구나.